U0827072

前 言
PREFACE

文库，原本是指收纳书物的仓库和书库，也指收纳书与记事簿，以及不常用物品的小箱子。以前者为例，京浜急行线的“金泽文库站”就是以前镰仓时代北条氏用来收藏汉书用的，“金泽文库”名字的由来便是如此。东京都的世田谷区也存在着收集着珍贵汉书的“静嘉堂文库”。后者则更多地被称为“手文库”。

江户时代以来，可以放入袖袂的小开本书籍逐渐流行起来，被称为“袖珍本”。明治三十六年（1903 年），富山房发行了小开本的丛书，起名“袖珍名著文库”。随后，明治四十四年（1911 年），讲述战国时代的猿飞佐助和雾隐才藏系列故事的讲谈社“立川文库”发行出版。讲谈是日本民间艺术，以口语化的方式讲述历史故事的形式。而“立川文库”则是将讲谈收录成册集中出版的丛书，据统计，当时刊行量为 200 册左右。从那时起，文库就脱离了原本的释意，逐渐演变成了现在的类书集丛。

文库说法借鉴了日本出版业界的传统说法。而千本樱源自日本奈良县吉野山樱花盛开的奇景，世人皆称“一目千本樱”来形容樱花美景。千本樱文库的纳入作品皆为日系作品，题材包括推理、悬疑、幻想、青春、文化等类型，正如千本樱满山盛开的绝景。

现代日本，以“文库”命名刊行的丛书系列有200种以上，所谓“文库本”只不过是统称而已。日本传统的“文库本”常用的是A6尺寸的148mm×105mm，也叫“A6判”。千本樱文库的所有书籍将在“文库本”的基础上提升，达到148mm×210mm的开本标准。追求还原的前提下，力图带给读者更清晰的阅读体验。

从20世纪70年代以来，日系推理小说逐步进入中国读者的视野。随着时代更替，涌现出了各种不同风格的作家。日系推理能够长久不衰的原因之一在于设立的各种新人奖，这些新人奖能为日本文坛输送新鲜血液，不断地创作优秀作品。其中，以自由度著称的梅菲斯特奖独树一帜。梅菲斯特奖是讲谈社旗下的公募新人奖，其特色在于不限题材，不设字数限制，能够充分发挥作者的想象力和创作力。因此，获奖作品都具有鲜明个性。同时，如森博嗣、京极夏彦、辻村深月等人气作家也都出道于梅菲斯特奖。梅菲斯特奖作家系列的引进出版，会给读者带来更多的个性之作。

西尾维新作品的风格，即使放在梅菲斯特奖的历史上，也是独具一格的。2002年至2005年期间刊行的“戏言系列”兼具文学性与娱乐性，打破了本格推理小说解谜为主，不注重登场角色的传统。其作品中，经常出现形形色色个性怪异的角色形象：喜爱自言自语的大学生、醒来就会失忆的侦探……千本樱文库会陆续为各位读者带来他们的故事。

千本樱文库编辑部

作 家
WRITER

鲇川哲也奖作家系列

- ◉ 相泽沙呼
- ◉ 城平京
- ◉ 芦边拓
- ◉ 柄刀一

梅菲斯特奖作家系列

- ◉ 西尾维新
- ◉ 井上真伪
- ◉ 天祢凉
- ◉ 殊能将之
- ◉ 木元哉多
- ◉ 北山猛邦

其他作家系列

- ◉ 乙一
- ◉ 三津田信三
- ◉ 仓知淳
- ◉ 深木章子
- ◉ 横关大
- ◉ 野崎惑

掟上今日子的辞职信

第一话　肢解——001
第二话　坠落——065
第三话　勒毙——131
第四话　溺水——173

第一话 肢解

1

佐和泽警部觉得，人心这玩意，或许打从一开始就是支离破碎的。思及目前侦办中的案件详情，就不禁让自己这么想。

“绝不原谅也不能原谅手段那么凶残的凶手，无论如何都要将之逮捕”的心情，与认为“这种死者会有那样下场，也是咎由自取”的心情明明完全背道而驰，却又互不干涉地并存在心中——这两种心情既没有互相牵制，也没有互相抵消，就这么“支离破碎”地并存在佐和泽警部的心中。

一方面想把注意力集中在自己负责指挥现场的这个案子，另一方面却也对同事负责的其他案子耿耿于怀，而心念一转，得赶快申请在侦办前一个案子时垫的经费一事，同样也令佐和泽警部挂心。

一心想快点破案的心情，当然是基于正义感与职业道德，但又很明白自己脑子里却正在盘算着“一旦解决这案子，就来接着看上次读到一半的推理小说吧”之类的休闲计划——一边烦恼着工作上的事，同时也烦恼着私生活的人际关系。

各种心情同时并行。

同样的心情，却是由截然不同的想法组合而成。

人心是复杂的，所以才又支离破碎。

简直就像心中住着好几个自己，仔细想想，还真令人有些毛骨悚然。然而，在觉得“毛骨悚然”的同时，却也仍然能够产生“不过，这也是理所当然的啊”这样的认知。

简直像是在扮演多重人格。

支离破碎的心一片片，其中一片这么说。

“有空想这些有的没的，不如赶快去揪出凶手！”

一点也没错。

这种感觉到底是正义感，道德观，专业精神，还是阅读欲望呢？无从判断的佐和泽警部，决定打电话给忘却侦探。

至于打这通电话，到底是想要解决此刻正引发舆论热议的分尸命案，还是想要见见那个很久没见，戴着眼镜的白发侦探，已经无从判断。

这两种心情，大概——都是真心的。

2

“初次见面，我是忘却侦探掟上今日子。”

在约好碰面的咖啡厅里现身的她，笑嘻嘻地这么说。实际上，这已经是佐和泽警部第五次与她见面了。而其中，像这样为了破案，亦即以警察的身份前来委托她工作，则是第三次，但她却完全以初次见面的态度响应。

健忘。

不——她是完全忘记。

这就是忘却侦探掟上今日子——今日子小姐。

“初次见面，我是佐和泽。”

对佐和泽警部而言——想到过去与她并肩作战侦破的悬案——今日子小姐绝对不是会让她没有印象的对象，但作为面对忘却侦探时的礼仪，佐和泽警部仍然低头示意，同样响应一句初次见面。

今天的今日子小姐穿着一袭长背心。

接下来明明要讨论工作上的事，居然还因为侦探的穿着打扮而分心——训诫自己“这样太不谨慎”的心情，与“觉得好看的东西就是好看”的心情，果然还是支离破碎却又同时并存着。

真要说的话，在这之前“身为警察还委托侦探帮忙侦办案件，实在有够窝囊”的心情与“可以和今日子小姐一起工作，真是甚感荣幸”的心情，就已经是并存在心中的了。

不是要讲哪个才是真的心情，也不是要谈哪个心情才是对的。

硬要说的话，两者都不对。

忘却侦探——

记忆只能维持一天，一觉醒来就会把“昨天发生的事”忘得一干二净的她——今日子小姐几乎是全日本警察机关组织所公认的侦探。因为再怎么仰赖她，别说是记录，就连记忆也不会留下来，因此压根儿不需要心虚“找侦探办案很窝囊”。

警方委托民间的侦探事务所协助调查——这种从某个角度来看，或许是极不光彩的事实——马上就会被她遗忘。不仅如此，由于是忘却侦探，使其自然也有着“无论什么案子都能在一天内解决（因为如果不在一天内解决就会忘记调查内容）”的特性，“最快的侦探”今日子小姐身为侦探的能力之高强，可以说是有目共睹。

不只对案子束手无策之时，遭遇“无论如何都得尽速破案”的状况时会打电话给她的人，想必绝不只佐和泽警部一个。

然而也因此，“能够一起工作真是荣幸”的心情其实并不成立，因为到了明天，这种“共同调查”就会等于没发生过。

在感受“好寂寞”这种情绪的同时，也照样觉得“不用担心泄露机密真是太好了”，人心果然是支离破碎的呀……

“佐和泽小姐，您这么年轻就当上警部——国家公职人员呢，真是好令人崇拜喔。”点了黑咖啡之后，今日子小姐如是说——这对话也是第五次了。

要说年轻，今日子小姐也很年轻。

虽不知她实际的年龄，但是大概也只比佐和泽警部大个一两岁吧。这么年轻的女性独立操持着侦探事务所，还能与警方建立平等互惠的关系，这个事实总令佐和泽警部敬佩不已。

所以，听她说什么国家公职人员，佐和则警部不禁有些难为情。幸好她已经彻底忘记自己过去在“共同调查”时的丑态百出，但这同时也让佐和泽警部有种像是在欺骗合作对象的不知所措。

真是支离破碎……

“那么，佐和泽警部，请问您要委托我什么工作呢？您那时说不方便在电话里说得太详细……”

“啊，呃，是的。”

自我介绍与社交辞令都点到即止，眼见最快的侦探进入了工作模式，佐和泽警部连忙把姿势坐正。

上午的咖啡厅没什么客人，但佐和泽警部还是压低了音量。

“您知道这附近的大楼里发生了分尸命案吗？”

就在如此切入正题之后，下个瞬间——

我在说什么啊？后悔的情绪立刻使佐和泽警部下意识摇了摇头。

就连昨天的事都记不得的忘却侦探，怎么可能记得都过了一个星期以前的事呀！

还好这次是自己一个人来，佐和泽警部心想。可不想在年纪比自己大的部下面前，表现出这种见不得人的窘样。

面对甚至被人誉为传说、在警界可说是大名鼎鼎的忘却侦探，会紧张固然是在所难免，但若被旁人以为是由于侦探实在太美丽，自己同为女性还感到情怯就不好了。

不过，也不能说完全没有这方面的影响。

只是，要这么说的话，就连不知是否因为螺丝松掉，椅子坐起来摇摇晃晃不太舒服一事，或许也是造成紧张的理由之一吧。

支离破碎的心情无法统一。

不管怎样，佐和泽警部都以为接下来有必要向她补充说明来龙去脉，但今日子小姐却如此回答：“是的，我知道。”

“咦？你不是忘却侦探吗？”

“忘却侦探也会看报纸的。在接到佐和泽警部您打来委托的电话后，我就先将过去两周的新闻报道给看了一遍，因此对您说的那个案子，已经有大致上的了解。”

哦，原来如此，说来也是。

这个人对预习从不马虎，听说在见到委托人的同时，就已经把事情处理好的案例也很多有。

最快的侦探。

尽管这次由于案件性质特异，佐和泽警部在电话里并没有告知其详情，但她还是彻底贯彻预习的态度，为了“反正明天就会忘记”的事情预先做准备。终究是徒劳的感受实在太强烈，换成自己应该办不到吧。

“话虽如此，毕竟是分尸命案，我猜报道应该受到相当严格的管制，因此，如果佐和泽警部的委托就是要我解决这个案子，可以请您告诉我详细案情吗？”今日子小姐莞尔一笑，“请放心。无论是调查上的机密，还是个人隐私信息，到了明天我都会忘记，因为我是忘却侦探。”

“……也是。”

没错，都会忘记。

无论是命案这回事，还是我这个人。

3

分尸命案。

这种案件在现实生活中其实不容易发生，虽然是在推理小说里经常出现的字眼，但是在实际发生的案件里，顶多到“尸体损毁”就差不多了。

发生在现实生活中的分尸案，多半是“把人从高处推下来”或“把人推到铁轨上让火车碾过”这种将尸首分成一块块的命案。

正因为如此，佐和泽警部才会大吃一惊。

这次的案子只能以猎奇来形容，或者也可以说是实在太猎奇，才使得佐和泽警部脑中变得一片混乱，不得不求助于侦探。

“死者是圣野帐先生，三十七岁，男性。”

佐和泽警部看着记事本，开始说明案情概要。即便记事本上头写的都是在这个星期里自己已经反复看过无数次的纪录，几乎不用看也能说明，但是不怕一万，只怕万一。

“圣野帐先生。”

今日子小姐复诵死者的名字。

她不写笔记。

身为严格遵守保密义务的侦探，基本上并不做记录。顺带一提，这位每过一天都会忘记一切的侦探，每个一天以内的记性都好得不得了。

“虽然报道中刻意不提及死者姓名等个人资料，但这名字还真是好听。”

“名字是很好听，但是此人的风评可就不怎么好听了。”

佐和泽警部说道。

这话虽把死者讲得很难听，却是在说明案情上无可避免的信息。

“怎么说呢……死者似乎是很容易惹人怨恨的人。说得坦白点，他的风评糟透了。大家作证时都异口同声地这么说——‘那种人死了活该。’”

“哎呀呀。”

今日子小姐装傻似的微笑着。

这时露出微笑是要怎样。大概是精神力很强韧吧……相反地，佐和泽警部对自己的精神强度并没什么自信，光是想起死者生前做过的无数“坏事”，就想打退堂鼓了。不夸张，真的会对人类这种生物感到绝望。

报道中刻意不提及圣野帐的姓名，一律称他为待业男性，不见得只是单纯顾虑到死者的隐私或人权，不便在媒体上一五一十地揭露此人离经叛道、为非作歹的行为，才是真正的原因。

无论如何，一旦把他的名字登在报纸上，会伤害太多人。考虑到这种二次伤害，即便是追求真相的新闻工作者，任谁都会对公开事实裹足不前。

这种自我设限也会妨碍调查的进展，虽说是无可奈何的事情。

“死者为大这句话，也不能套用在所有人身上呢。”

今日子小姐似乎感触良深地说。纵使听完佐和泽警部对于死者恶行的具体描述，看来也无法撼动她分毫。

太强韧了。

抑或是因为就算听到会令人反胃的描述，反正到了明天就会忘记，才能养成这种也可以左耳听、右耳出的特技。

忘却侦探与心灵创伤或闪回现象*彻底无缘。

---

* 闪回现象：指在看到某一处新场景的时候，觉得似曾相识，存在记忆中枢短路的说法。——译者注

“……如此这般，嫌疑人的人数也多到堪比天文数字，光是查案问话就困难重重。”

用“天文数字”来形容是夸张了点，但是在佐和泽警部至今负责侦办过的案件里，本案的嫌疑人人数确实是最多的。

一般发生命案的时候，都是从“动机”开始锁定凶手。

毕竟在现代社会的法治国家里，拥有“足以想杀死对方的动机”之人其实极为有限。大多时候只要在死者身边打探一下，很快就能锁定嫌疑人——然而这次却无法如愿。

“老实说，圣野帐身边的人全都是嫌疑人——没有人不恨他的。”

“不过，他还是有些朋友吧？要是身边所有的人都讨厌他，日子应该过不下去的。”

“有是有，但与其说是朋友，不如说是有利害关系的人物。可是就连这样的人，也绝不是心甘情愿跟他混在一起。侦讯时到底听了多少次‘死了倒好’的台词，我数都数不清。甚至还有人说出‘我也想杀他，却被别人抢先一步’这样的话。”

“世道艰难呢！”

今日子小姐看似伤脑筋地点点头。

你伤脑筋的话我才伤脑筋呢，佐和泽警部心想。另一方面，又人格分离地觉得“她伤脑筋的表情也好可爱啊”。

然而身为有时间限制的侦探，今日子小姐并非在忧虑世间坏蛋横行的社会问题，似乎只是单纯在思索面对有太多嫌疑人一事“该如何处理”。

今日子小姐看起来虽然一副温柔稳重的样子，但在这方面该说是冷静自持，还是极度的现实呢？她既不会同情死者，也不会站在嫌疑人那边。

要说这就是专业也真是很专业，身为警官，不禁觉得必须向她学习，但佐和泽警部又总会觉得，这人说到底对一切都很淡然吧。

这也是支离的一环，缺乏一致性。

对了，支离破碎……

“稍后会提供嫌疑人的名单，请容我先描述死者是怎么被杀的。”

“好的。报道也多少都有提到这一点——分尸命案，死者的尸体被分成几块之类的。”

“不是的。”

佐和泽警部突来的否定让今日子小姐一愣——难不成是误报吗——或许是以为自己看到的新闻写错了。

然而，佐和泽警部的否定并不是这个意思。而且那也不是误报，应该称之为新闻管制。

“不是几块，而是十几块。”

“十几……”

“十几块。所以是不折不扣的分尸，真是分成了一块又一块。”

那具尸体的状况凄惨到让佐和泽警部光是看了照片，就搞得这一整个星期都吃不下饭。

通常提到“肢解的尸体”，人们顶多只会浮现手脚被切断，或身体被分成两段、脖子被砍断的印象。可是——圣野帐的尸体被切碎到近乎执拗的地步，要说的话，根本不用向周围问话，光看这惨状就能感受到凶手强烈的憎恨。

到底是什么原因，会让人想把另一个人切得这么碎呢？

“遗留在现场的凶器是把锯子。是砍伐大树用的那种相当专门的锯子。但是也锯到锯齿都缺了，烂到几乎已经不能再用了。”

又或者就是因为锯子已经不堪使用，凶手才放弃继续“肢解”尸体的行动。要是锯齿还撑得住，凶手可能还会继续切割下去。

“锯子……吗？”今日子小姐喃喃自语，“不过光用一把锯子就把人体切割得支离破碎，听来真吓人呢。就像是鲜鱼店老板只凭一把小巧菜刀，便表演起巨大鲔鱼的解体秀那样吧。”

那是佩服的点吗？

这个人精神面很强韧，似乎也有些天然呆的地方。

跟天然鲔没有关系。

“对了，凶手没从现场带走哪些尸块吗？圣野帐先生被肢解的遗体，全部都留在原地吗？”

看来是认为报道中刻意未提的信息比想象中还多，今日子小姐提出了这个犀利的问题。天然呆归呆，问题倒是一针见血。

把死者身体的一部分带回去，当成“战利品”或“纪念品”之类的，是分尸命案中常见的状况。

“全都留在原地，没听说有被带走、缺少的部分。”

因为没有在一边观看，这部分的信息都是事后听来的。不过，她打从心底觉得还好是听来的，并忍不住同情起那些必须把支离破碎的尸体像立体拼图一样拼起来的鉴识人员……

“……”

这时，今日子小姐一脸若有所思。

总是笑脸迎人的忘却侦探，甚少露出这般表情。有什么令她感到在意的线索吗？

“……怎么了？今日子小姐。有什么不对劲的地方吗？”

“没有，总之……请先让我把话问完吧。既然死者是遭到一把锯子肢解，那么分尸现场应该是浴室吧？因为再怎么样，也不可能在客厅里进行这种作业才是。”

“是的。”

该怎么说呢，这方面的处置显然相当随便。

被肢解成一块块的尸体，成堆地被扔在浴缸里。丝毫不是作为“战利品”或“纪念品”的对待方式。

“这么说可能很过分……但简直像是把垃圾随手丢进垃圾桶的感觉。”

“嗯……”

今日子小姐脸上仍挂着思索。

是恶心异常的现场状况让她不舒服？这显然不是她陷入思索的原因，那究竟是有什么问题呢——大概还不方便问她吧。但是那些佐和泽警部因为觉得不舒服而没去想的，或许最快的侦探已经得到答案了。

“……一路听下来，好像没做什么湮灭证据的动作。请容我再确认一次，佐和泽警部。真的都没有发生死者的指纹被削去，或者是脸皮被剥除带走的事情吗？”

“没有，没有这些状况。”

原来如此，还有这种可能性。

这个问题的确很符合忘却侦探网罗主义的风格——既不是“是为结果”的残破尸首，也不是作为“战利品”或“纪念品”的离散尸块——那么借由肢解尸体，好让人无法分辨死者的来历才是其目的。虽然还是猎奇，只是这更实际得多。

不过，并没有这回事。

感觉不到想从尸体上隐瞒什么的意图。

再说回来，光是在死者家的浴室里肢解，就已经没什么好匿名的了。

“也没有是别人尸体的可能性。”

“没有。”

如果是百年前，这个诡计或许能成立，但是在科学办案盛行的现代，即使是再细小的尸块，也能轻易地锁定到个人。

或者该这么说，不只是“分尸”，凶手似乎毫无掩饰罪行的打算。离开时，就连大门也没锁，反而更像是希望尸体赶快被发现，好将圣野帐的死讯公之于世似的。大概以为自己的行为是正义之举吧。

别开玩笑了，这样的愤怒，以及……

不过，要说是正义，也的确是正义呢！这样的谅解又并存在佐和泽警部的心里。

无法统一，实际上也不算对立。

不可否认圣野帐一死，不知会有多少人因此得到救赎，但这跟佐和泽警部的工作是两回事。

“话虽如此，凶手似乎还是相当小心，极度避免留下自己的痕迹。现场既没有可疑的指纹，也没有足以指向凶手的毛发等物证。至于会把犯案的锯子遗留在现场，与其说是因为不小心，不如说是基于把那种东西带回家，变成证据反而更麻烦的心态。”

“我想也是。毕竟，把锯齿都磨坏的锯子带回家，也不能再用了。”

重点不在那里吧，怎么可能拿来回收再利用啊？

“凶手似乎也非常留意不让大楼内的监视器拍到自己。从现阶段还没有任何目击者这点来看，不难想到凶手肯定是经过缜密的沙盘推演，才动手行凶的。”

反过来说，对尸体草率处置也因此显得特别突兀。除此以外的部分，全都彻底消除了自己的气息及感情，甚至要说是已达细致妥帖之境也不为过的凶手，唯独在肢解死者，将其化为“支离破碎”的尸块这项作业时，显得非常粗鲁。

让人感到恨意之深、怨念之强，又或者是——凶手的心也是“支离破碎”的呢？比死者的尸体还支离破碎。也许是根本拼不起来的拼图。

“嗯……可是佐和泽警部，”今日子小姐转过头来，“我明白现场的状况了，可是我不能光凭这样就接下这个委托。的确，这是个机密性极高的案件，但是会轮得到忘却侦探出场吗？嫌疑人过多或许会让调查陷入僵局，但是总比找不到嫌疑人好得多。只要多花一点时间，一步一个脚印地侦办，凶手总有一天会浮上台面吧？”

这么说倒也无话可说。

实际上，佐和泽警部也很犹豫该不该委托今日子小姐。不可否认，在这决定的背后并非没有“想再与今日子小姐一起办案”的个人情感存在。

或许也不是背后，可能这才是本意。

感觉像是自己对她一厢情愿的友情被识破般，佐和泽警部的心情变得忐忑不安，而且还不只这样。

虽说已经对报道加以管制，但是终究无法管住人的嘴巴。为了让躁动不安的社会舆论平静下来，就算只是早一天也好，警方都希望能尽快破案。

也不只是这样而已。还有一个问题。要是不能得到最快侦探即忘却侦探的协助，就可能无法解开这个问题。

“的确有很多嫌疑人，多到几乎数不清。”

佐和泽警部坦白说。

“可是，这些多到数不清的嫌疑人，全都有不在场证明。”

“什么？”

“我是说——嫌疑人之中能杀害死者并将其分尸的人，一个都没有。”

4

交涉途中，今日子小姐似乎在心里犹疑不下数次，但最后还是以置手纸侦探事务所所长的身份，接受了佐和泽警部提出的委托。

实际上，警方过去想请今日子小姐侦办棘手案件时，才开始交涉就被她拒绝的案例也是有的，而说到原因，倒不是像推理小说里出现的侦探那种讲什么“如果没有充满魅力的谜团，我是不会参与调查的”就是了。

“无论什么案子都能在一天内解决”的忘却侦探，反过来说，就是“不接受在一天内解决不了的案子”。

办不到的事就承认办不到。

要长期抗战、脚踏实地收集情报，得花上长时间的调查活动。今日子小姐承认自己不擅长这种委托，因此她也绝不会摆出推理小说里出现的侦探常有的那种，压根儿瞧不起警方的态度。

不会因为受到当局的委托就趾高气扬，而是将自己定位成案件承包商的位置。换句话说，愿意接受这个委托，就表示今日子小姐认为这次的分尸命案是“能够在一天内解决”的案子。

当然，也不是完全没有评估失准的先例，所以还不能掉以轻心，但还是觉得底气足了些。

“那么，我们去现场吧！佐和泽警部。”

喝完最后一口黑咖啡，今日子小姐说着便站起身来。见状，佐和泽警部连忙问道：“现、现在吗？”

“是的。您不就是这个打算，才与我约在案发现场附近的咖啡厅吗？”

没错，就是这个打算，只是还没做好心理准备。虽说刑警的工作就是要勤跑现场，但是要回到那种宛如人间炼狱般的凶案现场，还是令人提不起劲来。虽然佐和泽警部并未见到那个地狱现场最可怕的状态，但光想到是把人体大卸八块的地方，就够令人头皮发麻了。

不过，既然今日子小姐干劲十足，佐和泽警部自然也不能退缩。

总不能让她一个人去。

“等到了现场之后，也请让我拜见一下被大卸八块，堆在浴缸里的尸体照片吧。”

居然能面不改色地说出这种话。

不只面不改色，甚至可以说是嬉皮笑脸。

也对，毕竟那确实是不便在咖啡厅里拿出来看的照片。即使是工作上有需要，能口出“想看照片”的今日子小姐，也真的是有一颗大心脏。

就这样，支付了两人份的饮料费，佐和泽警部带着忘却侦探前往凶案现场——位于距离咖啡厅走路五分钟的地点，一栋年代久远的大楼。

圣野帐就住在三楼。

在浴室里遇害。

“虽然方才提到凶器是锯子，但那是用来将尸体‘大卸八块’

时使用的凶器，严格说来，死因是绞杀——凶手勒住死者的脖子将其杀害后，又把他切割成十几块。”

“嗯。那用来勒住脖子的凶器呢？”

“是晾衣服用的绳子，也留在现场。似乎是从阳台上直接拿来用，原本就是死者的东西。”

“嗯哼……”

佐和泽警部一边和今日子小姐说话，一边用向大楼管理员借来的钥匙开门。门一打开，一阵呛鼻的恶臭迎面而来。

案发至今已经过了一个星期，明明室内已经换气并清扫过，血腥味也应该已经散得差不多才是，但佐和泽警部还是忍不住掩住鼻子。

回头一看，今日子小姐也用上头有刺绣的手帕捂着脸，看来也并非是佐和泽警部特别神经过敏。

典型的单身男子独居住处。

室内不算太小，但也不大。不算太乱，但也没有整理。死者没有比较亲的亲人（倒是有“比较不亲的亲人”），因此在鉴识人员撤离后，房内物品就似乎一直保持着原样。

“浴室在这边对吧？”

今日子小姐毫无惧色，边说边向浴室走过去。

臭味变得愈发强烈的感觉。

佐和泽警部甚至产生浴缸里好像还留有部分尸块的错觉。当然，并没有这回事。

就连瓷砖上也没有血迹。

至少表面很干净。

要是用鲁米诺*发光检查血液反应，浴室里大概会闪闪发光得像是在地板埋了 LED 吧！

“原来如此原来如此。浴室比我想象的还要大呢。我本来还在想在浴室进行‘肢解作业’会不会施展不开啊？照这样看来，似乎可以勉勉强强塞进两个人呢。”

两个人？死者与凶手？

“说的也是……圣野帐算是矮小的……”

今日子小姐看似已经迅速进入“工作”模式，佐和泽警部也试图赶上她的步调。然而内心却还仍受到呛人臭味（之类的感觉）的影响，无法完全投入其中。

换作是自己，无论有什么苦衷，无论有什么动机，都不想在这种虽说比一般浴室还要宽敞些，但依旧属于密闭空间进行那样的作业。

“之所以非得在浴室里进行肢解作业，是为了把从切断处流出

---

* 鲁米诺（Luminol）：又名发光氨。一种在犯罪现场检测肉眼无法观察到的血液，可以显现出极微量的血迹形态。——译者注

的血液冲掉，对吧？”

佐和泽警部确认般地问道。

“应该——大概吧。”今日子小姐颔首，“加上或许凶手原本就打算把尸块全都往浴缸里放也说不定。倘若打从一开始就决定要把尸体切成十几块，就必须要有存放的地方，以免切断的尸块东一块西一块，弄得到处都是。”

“存放的地方吗……”

瞬间，佐和泽警部脑海中闪过二十五米游泳池里装满了支离破碎的人体的景象，不禁心情低落。虽说想也知道，今日子小姐在说出这个单字的时候，并没有隐含如此深意。

“只是这么一来，就更不明白凶手会想把死者肢解成这样的原因了。”

“想把死者肢解成这样的……原因？”

今日子小姐提出的疑问，让佐和泽警部侧着头露出了“现在问这个”的表情。再怎么被现场的气氛震慑住，也看得出来才是。

原因不是明摆在眼前吗？

“这——因为死者就是这么可恨不是吗？该说是恨之入骨吗……光是勒住脖子杀死他还不够，非得把他的尸体大卸八块，加以凌迟，方能解心头之恨。不就是这么回事吗？”

“嗯，说的也是。”

今日子小姐点头归点头，可是似乎一点也不同意佐和泽警部的见解——一般人的见解。

的确在咖啡厅里，今日子小姐也是一直在思考其他的可能性……

只见她迅速脱下鞋子，踏进浴室——再怎么胆大包天也该有个限度。

“不过，把痛恨之人肢解到如此地步，这样就能释怀，就会心情爽快吗？我觉得反而会更不舒服呢。”

今日子小姐说。

“更不舒服……因为血腥味太重的关系吗？”

“那当然也是原因，重点是要把一个人大卸八块，其实是非常艰巨的大工程不是吗？而且只用了一把锯子喔！要是用电锯还说得过去。明明又没有钱赚，还得这么辛苦，会让人觉得很不舒服吧？”

原来如此，是这个意思啊。确实是就算有钱赚也不想干的活。

别说是报仇雪恨，万一作业进行得不顺利，可能还会徒增压力。

锯到一半，突然“感觉不顺所以不干了”于是半途而废也不奇怪吧。然而，不管这次的凶手心里是怎么想的，最后还是完成了。

那显然不是“锯到一半”的状态。

只不过从尸块剖面的照片看来——虽然需要相当大的勇气才能直视——手法似乎不太利落。

“因此，我想先从凶手有没有想要分尸的理由——不，是有没有‘必须分尸’的理由来推理……可是想不到什么好的切入点呢。”今日子小姐说着，探头往浴缸里看。

怎么说，这的确是佐和泽警部没有的立足点……甚至还觉得这样分析人心似乎稍稍过于片面。应该假设凶手对死者的憎恨足以超越“累死了”或“手脚没力了”这些理由，导致无法用利弊得失来衡量状况吧。

感情跑在理智前面。

不就是这么回事吗？

“基本上，今日子小姐，真要讨论起来，杀人这行为本身就不合理不是吗？应该视凶手对死者的憎恨，原本就是这么强烈。”

而且最令人伤脑筋的是，对死者恨之入骨的“嫌疑人阵容”过多，要如何缩小范围才好？

“找出肌肉酸痛的人如何？”今日子小姐说出这种装疯卖傻的话之后，又补了一句，“犯罪的动机不见得只有怨恨或憎恶呢！”

“什么意思？难道你想说这是以劫财为目的的犯罪？”

现场好像没有遗失钱包之类值钱的东西，不过单就可能性来说的话，倒也不是完全不可能。

强盗杀人的可能性……

“可是，如果是强盗杀人，没理由要将尸体大卸八块吧？”

“谁知道呢。也可能是为了让人误以为是仇杀喔！”

“……”

她是听过为了避免被警方从动机锁定凶手，故意拿走现场值钱的财物，将仇杀伪装成强盗杀人的手法，但是反过来的做法倒是很少听说。

假设真的是将以劫财为目的的强盗杀人伪装成仇杀，那么如此执拗地将死者的尸体大卸八块的行为，就要解释成全是伪装工作。

“正因为是伪装工作，干脆一不做、二不休地将尸体大卸八块的想法吗？嗯……”

以理论而言，倒也不是不能成立。

可是，令人难以信服。

因为佐和泽警部才想过就算有人付钱，自己也不想做这种事。为了要掩饰以劫财为目的的犯罪，宁愿把活人大卸八块，怎么想都太不合算。

超越不合理的不可理喻。

“是呀，很有道理。我也这么认为。不过我方才之所以会说‘不见得’，并不是这个意思。”

今日子小姐轻描淡写地说。看样子，这推理是佐和泽警部会错意了。

也对，即便是网罗推理，也不可能考虑这么荒唐无稽的可能性。

佐和泽警部深刻反省，却没想到今日子小姐竟会接着提出了一个更为荒唐无稽的可能性。

荒唐无稽到极点。

“我想说的是对凶手而言，将死者肢解到‘支离破碎’是因为‘很好玩’的可能性。”

“很……很好玩？”

“既不是‘为了报仇雪恨’，也不是‘由于恨之入骨’，而是以分尸为乐的杀人。”

今日子小姐说到这里，才总算把脸从浴缸里抬起来。

“假设‘把人体大卸八块’这件事本身就是凶手的目的，是其行凶的动力所在，那么圣野帐先生的遗体呈现的状态，就能得到合理的说明。就算是辛苦的作业，只要将其当成游戏感到愉悦，就不会觉得辛苦了。”

当成游戏——愉悦。

这已经超越了计较利弊得失的范围。

猎奇！真的，只有猎奇二字可以形容了。

只是，荒唐无稽归荒唐无稽，比起“为了将强盗杀人伪装成仇杀”的假设，这样还比较合理一点。

因为对死者恨之入骨的嫌疑人实在太多，以致下意识地从那个角度去思考。或许也必须对“圣野帐的死与他的人格无关”的可能性来加以探讨。

“既然每个可能涉案的人都有不在场证明，就应该假设嫌疑人在这群人以外。今日子小姐，你是这个意思吗？”

“是的。只不过，忘却侦探是不会往这方向追查的。不可能在一天内找出不知道躲在哪里的猎奇杀人犯。因此，这方面的调查就交给警方。身为时间受到限制的人，请让我专心推翻不在场证明吧。”

今日子小姐继续说。

“如果让我老实说出自己的感想，是有些不自然的地方。每个怨恨死者的嫌疑人都有不在场证明，甚至让人觉得有些造作。”

“……先向你报告一下，嫌疑人们并未有串供、互相包庇的迹象，他们的不在场证明都是各自成立的。”

“这样啊。那，这些各自成立的不在场证明都毫无破绽吗？完全没有任何质疑的余地？”

要这样追究起来，当然不敢说绝对没有，只是，至少从佐和泽警部有限的经验来判断，这些不在场证明全都是真的。

“因为是在平日的大白天犯下的罪行。纵使不是完美到一分一秒都无懈可击的不在场证明，毕竟那个时间不是在上班就是去上学，基本上不在场证明都能成立。除此之外，也必须顾及从每个嫌疑人住的地方到这栋大楼之间的距离这个问题。”

“原来如此，那么‘刚好在案发时间有不在场证明反而不自然’

这种鸡蛋里挑骨头的诘问，就不管用了呢……这样的话，这部分容我稍后再彻底追究，接着就来看看当时的现场照片吧。”

今日子小姐说得好似理所当然，对于佐和泽警部而言，却是连摸到都觉得毛骨悚然的照片。

光是想到自己的智能型手机里面存有那种照片，就好想把手机从窗户扔出去。真想赶快破案，把照片删掉。

“啊……现在的手机画质好好哦……还能局部放大，真是太方便了。”

今日子小姐只有“现在”的记忆，比起照片本身，她对手机的画质更感兴趣，但是当手机里映出浴缸的照片时，她脸上的表情瞬间转为严肃。

“嗯……这还真是惊人。”

今日子小姐转眼间就学会如何操作触摸屏，一下子左右滑动，一下子放大缩小，目不转睛地观察当天的现场照片及从各种角度拍下的尸块。

说是“瞪”也不为过的凝视。

明明全都是一些正常人会想要移开目光的照片……说老实话，即便到了现在，佐和泽警部也还是眯着眼睛，仿佛在看 3D 立体图似的，刻意错开视线焦点，不想看得太清楚。

“嗯……”

仿佛是为了深深烙印在记忆里——只能维持一天的记忆——今日子小姐一再将脸凑近手机，眼镜的镜片几乎都要贴在画面上了。做到这种地步，反而无法对焦吧。

“如……如何？今日子小姐。”

佐和泽警部耐不住沉默，开口发问。今日子小姐闻声才总算将视线移开手机，转过身来。

满面笑容。

“呃，啊……今日子小姐？”

“真是支离破碎的尸体呢！”

侦探说道。

不，就算不是侦探，任谁也显而易见。

“站着不好说话，我们去客厅吧，佐和泽警部。”

“欸，啊，好的……”

虽说这要求来得突然，但是只要能离开这间浴室，佐和泽警部倒是举双手双脚赞成。

“啊，对了，佐和泽警部，如果您身上有马克笔，可以借我吗？”

5

基本上在调查时绝不抄笔记的忘却侦探居然会向自己借马克

笔，这令佐和泽警部觉得很不解，但稍后随即反应过来今日子小姐意欲何为。

因为今日子小姐是在看完死者的尸体照片之后，马上这么问。并不是佐和泽警部的直觉特别准，而且其推测结果也不是完全正确。

大概打算画下尸体是如何被“肢解”的吧。

储存在手机里的照片，除了有塞满支离破碎尸体的浴缸，还有每个尸块的特写。看到那些照片，任谁都会想看看“把零散的尸块重新拼回人形的样子”。

不，并不会想看吧。

不过要是画成图画，确实应该有助于厘清案情。佐和泽警部在看照片这阶段就已经吓得东倒西歪，失去画图的力气，但是强悍的今日子小姐丝毫不见退缩，反而意气风发地打算将其付诸行动。

这个人总是这样。

工作时总是神采奕奕。

与其说会因此觉得她真是可靠，不如说更会让旁观者感到胆战心惊。只是，她都打算要把遭到肢解的尸体画下来了，没理由不把笔给她。

佐和泽警部把随身携带的马克笔交给她，正要顺便从笔记本里撕下一张纸给她时，今日子小姐却不接过。

“不用，这样就够了。”

怎么？不是要画图吗？

当佐和泽警部还在心想难道又是自己会错意，今日子小姐已经坐进客厅里的沙发，脱下长版背心，将穿在底下的长袖衬衫卷到肩头。

然后在自己裸露出来的手臂上开始写字。

在手腕的位置，画上一圈粗粗的黑线。

“欸……这，难不成……”

“没错，就是切断线。”

今日子小姐一边回答，一边迅速地画出下一条“切断线”——画在自己的身体上。

接着是左边的肩膀。

不是要画图……而是要用自己的身体重现“破碎的尸体”吗？

仔细想想，要是有今日子小姐那样的头脑，即使只让她迅速浏览尸块一遍，也能不慌不忙、有条不紊地在脑子里完成拼图吧。最快的侦探似乎已抛下佐和泽警部，进入下一个阶段了。

在左手的大拇指根部也拉出一圈黑线之后，今日子小姐把马克笔换到左手拿。接下来画右手的手肘。

“这、这有什么含意吗？”

佐和泽警部忍不住提出这个问题。

利用自己的肉体模拟遭到肢解的尸体支离破碎的状态，实在不是正常人会有的想法。佐和泽警部实在不认为这么做能引导出真相来。

“我也不知道……就只是想到什么做什么。”

今日子小姐顾左右而言他地回答道。

笔尖先在右手肘转一圈，接着又绕过右手无名指的第二个关节，今日子小姐又再把笔拿回右手，这次是往脖子画上一圈——在她纤细的粉颈勾勒出一条黑线。

那些都不过是用佐和泽警部自己平常使用的笔，勾勒出再也普通不过的黑色墨水线条，但是一想到那些线都是“切断线”，就觉得有种难以直视的异样感。

“真不愧是今日子小姐，做事真彻底！”这样的心情，与“有必要做到这样吗”的心情并行不相悖——支离破碎。

只不过，今日子小姐肯定没有这种支离破碎的心情吧——一心只有找出案件真相的心情。

这般一心一意也充分表露在其行动之中——虽说是同性，但是在“初次见面”的佐和泽警部面前，今日子小姐也丝毫不以为意，把长裙豪爽一掀就掀到快要露出内裤的高度。

因为大腿根部也有“切断线”。

右脚是小腿的部分。

左脚则是在关节附近。

两处都是转到内侧就非常不好画线的部位，但今日子小姐仍然灵活地卷曲身体，顺利画上一圈黑线。

思路很有弹性的她，身体似乎也像猫咪一样柔软。正在佐和泽警部大感佩服时，今日子小姐已经在右脚的小腿画好线了。

然后是左脚的膝盖。

“哎呀。”

这时，今日子小姐闷哼一声。

大概是在膝盖内侧画线的时候，觉得很痒吧——但是笔下的黑线，却仍不偏不倚地画好了一整圈。

不过……或许只是理所当然的事，但还真亏她能全部记下来啊！

因为切断处实在是太多了，多到就连佐和泽警部要是不看记录，也不记得死者到底是被分成几块，是从哪里、怎么切下来的……

没把脱在浴室里的袜子穿回去，或许也是为了这个原因。只见今日子小姐像跷二郎腿似的抬起脚来，在左脚中指与小指的附近画上黑线。再说得仔细一点，是用黑线把中指关节处、小指的根部圈起来。真是一丝不苟的作业，一丝不苟的记忆。

接着从右脚正中央，沿着通过脚掌足弓的轨道，笔直画上一分为二的切断线。

“只剩下身体了对吧？”

“是、是的，只剩下身体。”

佐和泽警部对今日子小姐大胆的举动与其说是脸红心跳，不如说是胆战心惊，但她终究记得刻画在圣野帐尸体身上的锯痕。

“背部我真的够不到呢，佐和泽警部，可以请您代劳吗？”

“咦？请我代劳？欸？”

“我会把衬衫掀起来，身体这条切断线就拜托您了。”

今日子小姐说完，便从沙发上站起身，并把塞在裙子里的衬衫一掀，露出腹部。纤细到令人担心的腰身，恐怕连一丝丝的赘肉也没有吧。

要在这般美丽的身体上画下切断线，恐怕外科医生也会犹豫再三吧。该说是违背道德吗？佐和泽警部总觉得自己好像正在做一件非常不道德的事，只得极力装出冷静的模样，接受侦探的请托。

再怎么表现出冷静的样子，笔下线条还是藏不住颤抖。比今日子小姐用左手画的线还要歪七扭八。

话说，纵使用右手，今日子小姐怎能徒手画出那么漂亮的线条……

即使不计“严格遵守保密义务的忘却侦探”这个卖点，这个人根本上仍旧还是个多才多艺的人。回头想想，像操作智能型手机这种事，原本也绝非一拿到就能立刻就能理解上手的。

总算是画完一圈歪七扭八的线，勉强连接了起点与终点，佐和泽警部尽可能不动声色却又迅速地和今日子小姐的身体重新保持距离。在这距离感之下，即使看在女人眼中，忘却侦探的裸露肌肤也还是太养眼。

“谢谢。”

今日子小姐当然没想到这些，但是也没把衬衫塞回去，就只是把下摆在肚子的地方打了个结，想必是为了露出切断线。

因此，当她坐回沙发，又把长裙拉到快要露出内裤的高度时，已经吓不到佐和泽警部了。而当画线作业告一段落……原来如此，的确是浅显易懂。

比起画成二维的平面图，不如像这样立体地在人体上拉线连连看，还更能真实地想象死者是怎么被“大卸八块”的。

“佐和泽警部，不好意思，可以把挂在那边的镜子，拿到我面前来吗？因为我自己看不到脖子上的切断线。”

“好、好的。”

佐和泽警部完全照着她的吩咐做。

这不是警部的工作。虽说今日子小姐应该没有固定的侦探助手，但就算是华生，记得也不曾被福尔摩斯这样使唤。

“切断线一共有十四条。”

就在佐和泽警部把玄关附近的镜子从墙上的挂钩取下，搬进客厅之时，今日子小姐低声说道——并非是对着佐和泽警部说，而是在自言自语。

似乎是借由发声来整合思绪。

“也就是说，死者的尸体被切成十五块，①头部，②整条左臂，③左手腕，④左手大拇指，⑤右下臂，⑥右手无名指，⑦躯干，⑧腰部，⑨左脚大腿，⑩ 左膝以下，⑪ 左脚中指，⑫ 左脚小指，⑬ 右脚小腿以上，⑭ 右脚小腿以下，⑮ 右脚脚尖。”

嗯……

说到这里，今日子小姐抬头看向天花板。恰恰是佐和泽警部把镜子放在她正前方时。

一直以“切成十几块”来含糊带过的佐和泽警部，在听到这么具体的数字时，也不禁思索起其中有什么意义来，但今日子小姐大概不是在烦恼这么表面的问题吧。

“……莫非你认为切断线的位置有什么意义吗？”

“我认为有，但又感觉好像没有……‘十五’这个数字，从字面上看算是个常用的倍数，要说来也是意味深长，似乎可以代入各式各样的解读，因此我试着在脑海中网罗所有的可能性。可是在解剖学上，似乎没什么特别的意思。所以现阶段，只能推断如此做其实并没什么重大的意义，单纯是‘看到哪里就锯哪里’。”

“这样啊……”

用马克笔画得全身到处都是线，竟然仅得到这种结论而已，也实在是太没意思了，但今日子小姐原本就是将其视为尝试错误的一环，因此看来也未有丝毫失望之情。

何况，这只是“现阶段”的结论……或许还是有意义的。

之所以会抱有“凶手这么切是有意义的”这种期待，与其说是认为如此一来能跨出破案的第一步，更或许是因为若要去想象“世上有毫无任何意义就把人体肢解成这样的凶手”，总是会让人有一股无以名状的不舒服。

更别说去想象这么做，是基于对死者的怨恨……

“要说的话——我倒是对‘指头’蛮在意的呢。”

“指头？”

被今日子小姐这么一说，佐和泽警部望向她的双手——④左手大拇指、⑥右手无名指。

“还有 ⑪ 左脚中指、⑫ 左脚小指。”

今日子小姐举起左脚，灵活转动用黑线圈起来的中指和小指，展示给佐和泽警部看。真是莫名其妙的动作，不晓得她要强调什么。

“……‘指头’怎么了吗？”

还能怎么，就被“切断”了啊。佐和泽警部在心中自嘲。是哪里让她觉得有问题呢。既然有锯子，那几处反而原本就是较容易肢解的部位……

“没错。的确是较容易肢解的部位，即使不用锯子也能肢解才是。”

“嗯……所以你的意思是？”

“举个例子，那是改用厨房里的菜刀，也能轻易切断的部位。”

“这倒是……可以是可以，但是手边明明有锯子，还会特地去厨房拿菜刀吗？我认为不会。”

“没错。所以厨房的菜刀只是‘举个例子’。我想说的正是手边明明有锐利的锯子，还会去切断那种用别种刀子也能轻易切断的部位吗？”

“……”

这推理有些纠结……或该说是有些反向思考，但经她一提醒，佐和泽警部觉得这倒也不无道理。

如果手持锯子那种强力的凶器，再加上强烈的怨恨，想切断的应该是靠近躯干的部位，而非指尖这种四肢末梢。也就是说，凶手有什么非得切断死者的“指头”不可的理由吗？

“从照片看不出来，佐和泽警部，已经知道死者的尸体是依什么顺序被切断的吗？换言之，锯子是依什么顺序砍在这十四条切断线的呢？”

“呃……”

这点佐和泽警部也当然彻底调查过了，然而遗憾的是，答案是“无法判断”。

“因为所有肢解动作都是在绞杀后短时间内完成，很难从状态上区别……勉强说来，或许只能从堆在浴缸里的顺序来推测个大概。”

“原来如此。可是，这样推测很不可靠呢！不知道是先锯手臂再锯手指，还是先锯手指再锯手臂。”

今日子小姐依序看着自己身上的切断线，说着这种令人不寒而栗的话。

“即使为求方便切成十五块，但是在切断躯干时，内脏且也全都会被切到吧！严格地说，尸体应该是被切得更支离破碎才是——嗯，佐和泽警部，您刚才说什么？”

“什么？我刚才说了什么吗……”

话说到一半，今日子小姐突然间这么问，让佐和泽警部一瞬反应不过来——什么说了什么啊——正当佐和泽警部愣住时，今日子小姐又补充说明了问题的主旨。

“您说所有的肢解动作都是在绞杀后短时间内完成的。这么说，已经具体知道凶手总共花多少时间把死者大卸八块了吗？”

“呃，不，那句话有语病。应该说依旧只能大概估算花费在肢解的时间。”

“又是大概啊……”

今日子小姐看似有些失望，把正要探出来的身子又靠回椅背上。这种状态下做出太大的动作，可是会让人因为那撩起来的裙子不知何时会走光而心惊肉跳，真希望她能自爱一点。

要是被砍断的是更尴尬的部位，这个人又会怎么做呢……心惊肉跳到连这样的疑问都闪过佐和泽警部的脑海。

“从胃里的残留物可以精确推定出死亡时间，正是一周前的……现在这个时候。”

虽然并不是刻意补充说明，佐和泽警部还是看着房里的时钟这么说。

时钟的指针刚好指着正午。

“根据鉴识人员的判断，要把尸体肢解成那样，要花上将近两个小时。换句话说，凶手是从正午到下午两点之间，在浴室里进行的。”

“将近？这个‘将近’的误差范围有多大呢？卖力一点的话，有办法在一个小时内办到吗？”

“我、我不知道‘卖力’一点这个词恰不恰当……但至少也要一个半小时。一个小时是绝对办不到的。”

试想要在一个小时内把尸体锯断十四次，相当于锯断一次的时间不到五分钟。如果真的都是锯指头还有可能，但怎么想都不可能在五分钟以内锯断躯干或脖子。

“反过来说，视凶手的体力，别说两小时了，花上更多时间都有可能。就算花上三个小时或四个小时也不奇怪。”

虽然不愿意想象，但是如果由臂力不大的自己动手，可能得花上整整一天吧。佐和泽警部心想。就算拼了命地赶进度，大概也得花上半天。

因此平心而论，说两小时的时间，或许已经是非常短的数字了。

“说到不在场证明，从正午到下午两点之间的不在场证明就显得格外重要了。然而，偏偏所有嫌疑人在这段时间里，都有牢不可破的不在场证明。”

“是的，正是如此。只是如同我刚刚所说，上班族或学生，在这时段会有不在场证明也是当然，而且还是午餐时间呐。”

“嗯。那么换个角度来切入吧。虽说我不会切成这么多块的。”

今日子小姐似乎为了缓和现场的气氛，语带双关地说起笑话。

实在笑不出来。

“死者圣野帐先生再怎么可恨，也不见得所有人对他的憎恨程度都是一样。比如说最可疑、最有可能犯下这个滔天大罪的嫌疑人，具体而言，其不在场证明究竟是什么？”

“嗯，这个嘛……”

佐和泽警部从怀里拿出记事本——里头记录着数量庞大的嫌疑人们当天的行动。即便不是忘却侦探，也无法背诵出来。

更何况……就算背得出来，要巨细靡遗地描述嫌疑人们将近无懈可击的不在场证明，也横竖都只是令人忧郁的工作。

这种情况的“将近”——倒是几乎没有误差就是了。

6

在调查时不做笔记是忘却侦探的基本工作态度，但这坚持似乎比佐和泽警部至今以为的还要彻底，今日子小姐在听取所有嫌疑人的不在场证明时，也都不做任何记录。如果不再用的话，真觉得她差不多也该把刚才借的马克笔还回去了。

尽管如此，佐和泽警部还是花了将近一个小时，尽可能恳切地、仔细地向她说明死者身边人物的不在场证明，但今日子小姐始终没什么反应。

接下来，她大概打算正式开始推翻那些不在场证明的推理吧。然而嫌疑人们的不在场证明每个都是单纯到极点，让警方不得不承认根本没有动手脚的余地。

当然，绝不是没有分秒空白，只是，肯定没有任何一个人抽得出两个小时去犯案。

就连挤出一个小时也很难。

毋宁说，就是这些不在场证明的“不够完美”，才无从留下任何可以动手脚的余地。

“正因为不够完美，看起来才完美无缺，正因为有些斧凿的痕迹，看起来才像没动手脚。该说是杂乱无章还是什么呢？总之是支离破碎的。”

今日子小姐吐露这般感想。

看似有些难以释怀。

“如此一来，还是再另外搜寻嫌疑人比较实际……这就交给警方的各位了。嗯……如果……即使这样还是要推翻不在场证明的话……”

今日子小姐说着，总算伸手整理起她那身不整的衣装。把衬衫及裙摆拉好，套上放在一旁的长背心。

佐和泽警部正头痛该把视线放在哪里才好，她愿意整装真是太好了，然而，今日子小姐的话也令人在意。

即使这样还是要推翻的话？

“即使这样还是要推翻，就只有加快速度了。极端地说，如果能够在一分钟内就把死者给‘肢解’，几乎所有人的不在场证明都不成立了。”

呃。

事实上，这展开正是佐和泽警部对“最快侦探”的期待。方才在她的要求下转述了从鉴识那里听来的情报说“没有嫌疑人能犯案”，但是倘若有什么方法可以缩短犯案时间，就能推翻不在场证明。佐和泽警部就是基于这个想法，才会打电话给置手纸侦探事务所。

多如繁星的侦探之中，如果是在速度上无人能望其项背的“最快侦探”，或许真能想出实现“最快肢解”的方法。

“一分钟内”怎么说也太极端了，不过，若是真能把犯案时间缩短到三十分钟左右，众多嫌疑人里就有人的不在场证明会失效了。

“只是，我想鉴识人员认为‘至少也要花上一个半小时才能切成这样’的判断，应该是毋庸置疑的，应该尊重专业的意见。呜呜……这么一来，是不是省略了哪个步骤呢。”

发出宛如猫咪般可爱的低喃后，今日子小姐飘飘然地站起身，从始终站在一旁的佐和泽警部身边走过。

不知她想去哪里，这让佐和泽警部一时心慌，但看样子是要再去检查浴室一次。才因为可以远离那个总觉得有味道的案发现场，内心感到如释重负，可是眼见侦探都出动了，佐和泽警部也不能不跟上去。

“浴室里有什么遗漏的线索吗？”

“不，应该没有遗漏之处，只是继续再体验。”

继续再体验。

佐和泽警部尚未能理解她这句话的意思，今日子小姐已经进了浴室躺在地板上了。虽说这间浴室还算宽敞，但也没大到可以让一个人躺在地上滚来滚去。

个头不高但是腿很长的今日子小姐，把伸展不开的长腿靠在墙上，也因此使得裙子滑落，原本藏在底下的切断线又再次映入眼帘。

“是这个样子吗？”

“这……这个样子是指？”

“我是说，死者圣野帐先生是这样躺在地上被大卸八块吗？而佐和泽警部现在站的位置，则刚好就是凶手站的位置吧？”

“……”

不知不觉间被赋予凶手的角色。

今日子小姐负责回溯尸体的体验，佐和泽警部则是回溯凶手的体验。

死者圣野帐身上并未真的画有切断线，虽说将两者相提并论真的不甚恰当，然而这和鲔鱼的解体秀在本质上原本就大不相同。

不只很难想象凶手是一开始就决定好“要切成这样”，而且如果只是摸到哪里就锯哪里，锯到锯子齿刃全坏光的话，根本没有最快的步骤可言。

“就是说呀。”

今日子小姐似乎早就察觉到这一点了，不过这也就是她的特色，想到什么就拿出来检视的网罗推理。

“何况，无视步骤先后、不去想任何多余的事，只是浑然忘我地猛拉锯子，说不定反而比较快呐。”

虽然这意见直接到露骨，但是比起卖弄小聪明地企图节省时间，这么做或许方为上策。不，不该说是上策，应该说是胸中无策，然而在博弈理论只是理想论的人类社会里，无谋无策是很强大的。

放弃浪费在思考上的劳力，更能显著地提升作业效率。

“有没有‘凶器不是锯子’的可能性呢？”

“如果不是锯子……咦？像你刚才提到的厨房菜刀吗？”

发问声都从正下方传来，回答起来感觉怪怪的。但也不能因此就跟她一起躺在地上——既没有那么大的空间，也没有意义。

“并不是。是指能在短时间内完事的凶器，电锯会发出巨大声响，考虑到左邻右舍的耳目，应该不会用到电锯，所以想会不会是用了巨大的斧头或柴刀之类。用这些工具或许只要三十分钟左右，就能制造出同样的现场，因为只要用力地挥下去就行了。”

原来如此，有见地。

可是，这只是纸上谈兵，不过是理想论而已。

从伤口已经百分之百确定凶器就是遗留在现场的锯子，若使用斧头或柴刀，浴室的地板不可能毫无损伤——目光所及，地板、墙壁和浴缸都没有那么大的伤痕。

再加上要在浴室挥舞斧头或柴刀想必也相当困难。如果要在室内肢解一个人，锯子或许的确是绝佳选择。

不知道是否因为灵感已经枯竭，只见今日子小姐沉默了下来，仰躺着闭上双眼，表情很平静，不会就这样为了回溯死者临死之际的体验，打算睡上一觉吧？

“这……呃，今日子小姐？”

睡着就糟了。

忘却侦探今日子小姐的记忆每天都会重置，说得更正确一点，是一觉醒来记忆就会重置。

要是在这里睡着，佐和泽警部就必须把截至目前，曾经对她巨细无遗说明过的案情概要、所有嫌疑人的不在场证明重复一遍——那才是浪费时间。

“浪费时间。”

今日子小姐依旧闭着双眼，但就像是听到佐和泽警部心中所想似的，突然这么说。因为是在浴室里，“浪费”这个词的声响显得格外响亮。

“如果真的想节省时间不浪费，其实有个最快的方法——如果只是单纯要把尸体切成十五块的话。”

“什么？……呃，如果有，请快告诉我。不要再躺在那里了。”

“躺在这里也是调查的一环呀。”

今日子小姐边说边站起来。佐和泽警部还以为终于能和她视线相对，但今日子小姐又直接钻进浴缸里。

看来已经完成被切成十五块的想象，接着进入被塞进浴缸的阶段。或许是为了尽可能原汁原味重现，今日子小姐卷曲自己的身体，窝在浴缸。

佐和泽警部是说过“不要再躺在那里”，但是可没说过“请把自己装进浴缸里”……

这些都不重要，重要的是——“最快的方法”是什么?

“只要召集十四个人，同时用锯子分尸。”

“咦……咦?”

呃，的确，这样也是没错。

只要采用这个方法，就能大幅节省时间，别说是三十分钟，或许只要十五分钟左右就能搞定了。

但这时就必须准备十四把锯子当凶器，然后只留下其中一把在现场……

“是的。用膝盖想也知道，这才是纸上谈兵。只要躺在地上就知道了，在这间浴室里要挤进十四个人——加上死者的遗体是十五个人——根本是不可能的事。”

是呀，就连两个人（加上尸体是三个人）也挤不进去吧。虽是还不小的浴室，但是再不小也是在“一个人生活的前提下”不算小。

“更何况，严格说来，即使是量产的商品，也不会有两把‘一模一样的锯子’。我并没有问得这么细，可是如果切断每个部位时所使用的锯子都不一样，鉴识人员应该会注意到才对。”

“这样啊，科学调查也日新月异呢！”

今日子小姐似乎很佩服鉴识技术的进步。只是她仍缩在浴缸里，佐和泽警部看不见她的表情。

“那么，我原本打算接着提出‘由同一个凶手左右开弓，双手各持一把锯子进行肢解’的假设，这就在提出前先收回好了。”

这是什么假设啊。

要单手拉动锯子是不可能的吧。

“说的也是——而且佐和泽警部也说过，嫌疑人之间并没有共犯关系。”

“欸？不，我没有说过这种话呀。”

由于脑中没有这段记忆，佐和泽警部于是反射性地否认。是今日子小姐记错了吧？不，忘却侦探不会记错当天发生的事。既然如此，她是根据自己说的哪句话做出这样的结论……

“您不是说过吗，嫌疑人们没有串供、互相包庇、为彼此的不在场证明作伪证的可能性。”

“啊——我是说过。”

那真的只是如同字面所见“嫌疑人们没有为彼此的不在场证明作伪证的可能性”而已，可没有否定“其间或有共犯关系”的可能性。

再说，本来佐和泽警部就几乎不曾考虑过这个案子会是“由好几个凶手共同犯案”的状况。除了因为鉴识人员在透过科学技术分析之后已判定本案是“个人犯下的罪行”，佐和泽警部自己大概也从看浴室的面积大小，下意识地认定是单独犯案。

毕竟死者太招人怨恨，就算只有一人份的杀意，也足以引发杀人命案，然而，如果是大量的嫌疑人中有几个人勾结……十四个人吗？这么多人共同涉案的可能性究竟有多大？

举例来说，假设分尸现场并不在浴室呢？像是先在客厅进行肢解作业，再搬到浴室里。不，即使是客厅，也挤不下十四个人。那，如果只有半数的七个人呢？

“七个人也挤不下吧。会挤到连立锥之地都没有。就算真有这样的‘被害者协会’，现场也会一团混乱。”

今日子小姐说道。

“被害者协会”说得还真巧妙，即使在这案子里是加害者。

“先把多如牛毛的疑问放到一边，问题在于为何非得把七个人乃至十四个人聚集起来，将死者的遗体大卸八块呢？嗯，无论是否有共犯关系，状况似乎都不会有太大的改变。”

“是的……不过，万一真有所谓的‘被害者协会’，还希望他们以更合理的手段来对付圣野帐。纵使单兵作战没有胜算，只要能团结一致，或许就能给为非作歹的坏人一点颜色瞧瞧。”

“说的也是，不过佐和泽警部，您那也可能只是纸上谈兵，毕竟团结一致是非常困难的。不是有句俗话说，只要一个人不出力，就算有两个人也成不了大事吗。”

这倒是。

就像与其思考多余的事，心无旁骛地拉动锯子还比较有效率。独力作业的话，因为能集中精神，工作速度反而更快也说不定。

虽然又重新回到浴室里，结果除了看着今日子小姐把自己塞进浴缸，感觉一无所获。

“比起集结乌合之众，什么都不做还比较省事呢。”

佐和泽警不禁垂头丧气，也没想陈述什么太深的含意，就是随口说说。

“佐和泽小姐，您刚才说什么？”

今日子小姐说道。

还来呀？

这次又是什么？

“比起集结乌合之众，什么都不做还比较省事——这句话我收下了！”

卷曲在浴缸里的她一鼓作气地站起来，总算看到今日子小姐的全身了。让人觉得痛快的呐喊声，在浴室里回荡。

她宛如湖中女神般高举双手——当然，别说是手持金斧头、银斧头，那掌中就连锯子也没有。

不过，她显然是掌握了什么才起身，眼镜镜片后方的双眼闪闪发光、神采奕奕，与直到刚才都还装成一副尸体样的她几乎可以说是判若两人。怎么了？是怎样？

是哪句话让她灵机一动？

是从佐和泽警部说的哪句话切入的？

明明哪句话里都没有切断线。

“今……今日子小姐，你是想到什么有力的假设吗？”

“想到？假设？哪儿的话。我要呈现给您的——是真相。”

今日子小姐说着，伸出手指“啧！啧！啧！”地装模作样摇了摇。

就连看在对她还算有好感的佐和泽警部眼中，也是会让人有些反感的动作。

“我一开始就知道这个案子的真相了。”

“……”

为什么要撒这种谎。

上午十一点接受委托，即使是在下午一点过后的现在就发现真相，也已经很快了，居然还想在这之上追求速度，真是个贪心的侦探。

倘若一开始就知道真相，就不用在身上画下切断线，也不用躺在浴室、缩进浴缸。但要在此时戳破她，确实也太不识趣。

“这、这样啊。真不愧是最快的侦探！办事效率够高的啊。”

佐和泽警部努力配合她演戏。

“所谓‘快到令人目不暇接’就是这样吧。能亲身实践‘迅雷不及掩耳’也只有您一人。那么，请指引我这只无知的迷途羔羊。

今日子小姐，凶手到底是用什么残忍的手段，在这么短的时间内将可怜的死者大卸八块？”

演技虽然有点过于浮夸，但想知道真相的心情是千真万确的。

“并不是在短时间内将其大卸八块。”今日子小姐摇头，“而是分别来大卸八块，才缩短了时间。”

7

还以为她会换个地方说话，没想到今日子小姐就这么直挺挺地站在浴缸里，开始解谜——在浴缸里解明真相的名侦探，真是太新潮了。

解谜时的说话声也响亮地回荡在浴室里，再加上乳白色的灯光，与其说是湖中女神，更像是维纳斯的诞生。

想想这或许还蛮奢侈，居然能这样独占所谓“名侦探的演说”。

说不定自己就是期待这样的展开，才会委托今日子小姐。

如此自私的想法——想快快知道真相，把凶手绳之以法，让他接受法律的制裁。

当然又和这种想法在心里分别并存——支离破碎。

“本次案件的谜团，可说全都集中在‘凶手为何要如此执拗地将死者大卸八块’这点上。”

总之忘却侦探以此话作为开场——虽说是“这次案件”，但是在她的记忆里并不存在“上次案件”。

“死者圣野帐先生的确遭到许多人的怨恨，但是因为这样就用锯子把他锯成十五块，也实在太过分了。该说是搞得像在表演吗？总之，CP 值*整个太差了。”

虽觉得报仇雪恨这种行为应该没有什么 CP 值可言，但换个角度，也不能一口咬定在报仇时没有人会考虑 CP 值。

CP 值一向是很重要的课题。

至少，还没抓到凶手，也没人来自首。先不管有没有湮灭证据的行为，但可见凶手应该确是抱持着“不想被抓”的心态。

绝非没有能力算计。

“也就是说，今日子小姐，如果假设是‘并非基于仇恨才分尸’，就能解释那个 CP 值的问题吗？”

“是的。分尸的理由，合理性，必然性，为什么要做出这种会让肉体和精神皆不堪负荷的事？而像是这种目的不清的行为，往往行为本身就是目的。”

忘却侦探也是如此吧。

佐和泽警部也曾经感到困惑，像她头脑这么好的人，为何会甘

* CP：即 cost performance 的缩写，CP 值指性价比、成本效益。——译者注

愿成为一介个人事务所的侦探。

答案大概就是“因为她是侦探”吧。

模仿尸体，进行彻底的网罗推理，也只因为她是侦探。

可是，今日子小姐却否定了佐和泽警部的附和。

“不，我想表达的是在那之前的问题。姑且不论‘追求快感’这种精神上的报酬，要探究的是更现实的风险。花上两个小时将人体大卸八块，对凶手有什么好处？”

“……”

报仇雪恨——要是这样，那也是精神上的报酬。今日子小姐说的，应该是更现实的报酬。

“反过来问吧。将人体大卸八块之后，凶手会有什么具体的损失吗？除了肌肉酸痛以外。”

“除了肌肉酸痛以外……”

不用特别提醒，一般也不会动不动就想到肌肉酸痛的——损失吗？

“我想想……破坏尸体，长时间待在现场，被捕的风险应该会大幅度增加。只是结果刚好没有被捕，但就算被捕也不足为奇。若要斟酌损益，勒死圣野帐以后就赶快逃走，显然才是明智的抉择。”

“那么，这里就是问题所在。假如对凶手而言，将死者大卸八块才是明智的抉择呢？”

“……也就是说……破坏尸体，长时间待在现场还比较有利吗？显然这也未免……”

“破坏尸体，长时间待在现场的结果——”

今日子小姐说道。

“让众多嫌疑人的不在场证明都成立了。”

“啊……”

制造不在场证明。

不，不对。

不是制造不在场证明，而是制造分尸案件本身。

像是图画工作一般，将死者的身体一再肢解，好给犯案的时间“灌水”。

把原本要是勒死对方就立刻逃跑，只需要几分钟就能搞定的杀人行为，加工成为需要耗费将近两个小时——至少也要一个半小时，搞不好得花上三四个小时的重劳动。

一般人为了让不在场证明成立，都会尽可能以最快的速度完成犯案，可是凶手却反其道而行，故意延长犯案时间。

借由拖延行为，让嫌疑人的不在场证明更容易成立。

无法完整空下两个小时的人就能从嫌疑人名单上剔除。这确实是很明确的好处。

价值连城的掩饰工作。

这也是选择用锯子来肢解死者的原因吗——刻意选择“比较花时间的凶器”来肢解尸体，而不是斧头或柴刀……

直到刚才还深信那是最适合在密闭空间里肢解人体的凶器，可是凶手使用锯子的目的显然并非着眼于那里。

而是在“时间”。

即使案发时间是在大白天，但全体嫌疑人的不在场证明之所以都能成立，这才是原因所在。不，佐和泽警部也当然知道这才是原因所在，但还是没想到犯案的时间长短，竟有着如此刻意的人为操作。

“……不过，请等一下，今日子小姐。即使是为了让不在场证明更容易成立，将死者加以肢解，借此延长犯案时间，但凶手实际上还是得花那么多时间犯案，所以，不在场证明终究无法成立啊。”

难不成凶手在杀害恨之入骨的死者时，还为了不让其他嫌疑人被误认为真凶，费心动了这种小手脚——或许应该说是大工程吗？

不是为自己制造不在场证明，而是为其他嫌疑人制造不在场证明……这样乍听之下几乎是美谈了……但是，如果有做这些事的余力，应该先确保自己的不在场证明吧。

“所以说——是分别来大卸八块，才缩短了时间。”

今日子小姐又重复了一次刚才那句不知所云的话——分别来大卸八块，才缩短了时间。

“再怎么推敲佐和泽警部所提供的信息，从正午之后的整整两个小时，没有任何一个嫌疑人的不在场证明是有破绽的，可是，也并非每个嫌疑人的不在场证明都是足足从正午之后的完整两小时，大部分的人都有些不知去向的空白时间，有人是五分钟，有人是十五分钟，有人是三十分钟，有人是五十分钟，有人则是一个小时，空白的时间长短不一。”

“呃……空白时间吗？那又……”

怎样——明明话已经滚到嘴边。

该说是终于吗？佐和泽警部终于后知后觉地摸索到真相——忘却侦探暗示的真相。

“……”

原来如此！原来是这么回事啊！

那么，凶手不止一个人。

“是的。至少十六个人，最多二十五个人左右吧？这桩分尸惨案，是由‘被害者协会’主导的分工杀人。被分割的不只是尸体，就连犯罪行为本身，也是被分割的。”

今日子小姐沿着画在身上的切断线轻抚。

分工杀人，合作杀人。

“平均每个人的犯案时间为五到十五分钟。第一个人先勒死他，然后就马上离开。第二个人再脱掉他的衣服，把他搬到浴室里，然后就马上离开。第三个人切断他的手，然后就马上离开。第四个人切断他的脚，然后就马上离开。第五个人砍下他的头，然后就马上离开。第六个人锯开他的身体，然后就马上离开……以此类推，凶手们依序抽出些许自己的时间，将死者肢解成十五块。以上只是举例，顺序也不是重点。或许还可以把肢解作业分割得更细，像是可能有人把身体切到一半，就停手交棒给下一个人，先行离去。或许有些凶手还会碰到面，但是基本上，我想每个人都是单独犯案，个别负责承担一部分的罪行。”

“……从头到尾都用同一把锯子，用到锯齿都断了，就是要让人以为是单独犯案吗？”

十四个人一起上，一口气将死者分尸。这个异想天开的假设几乎是要正中红心。只不过“被害者协会”并非齐聚一堂，而是所有人把时间错开，分别前往现场犯案——分工。

每个人各挤出五到十分钟的空档。

个别完成自己能力所及的部分。

并非团结一致，而是支离破碎。

全无整合。

只要一个人不出力，就算有两个人也成不了大事。

“那么……只切断‘指头’的，是其中抽不出太多时间的凶手吗？”

“也可能是没有臂力的老人、女性或小孩所为。即使用上锯子，要在有限的时间之内切断指头也很费力呢。”

“……”

总觉得——感觉不太痛快。

不，谜底已经解开了，本来应该觉得很痛快才对，但，这居然是为了“拉长犯案时间”，由好几个凶手“分工合作”的分尸命案。

如此完全与怨恨、复仇，或者是猎奇这样的情绪无关，就是基于 CP 值计算而为的案件，就算解明了真相，也不可能痛快得起来。

比分尸命案更令人不寒而栗的合理性。

……不对，还是有情绪吧。有怨恨，有复仇，可能也有猎奇。还有“追求快感”的心情。

就像是尽管不痛快，却也让佐和泽警部的烦闷一扫而空这般。

“佐和泽警部？我可以继续说吗？”

今日子小姐窥探着佐和泽警部脸上沉默的表情说道。

“呃，好……请继续。”

“好的。那么，接下来的问题是要如何锁定凶手，请您先从当天中午，亦即死者的推定死亡时间，优先过滤出就是在那个时候没有不在场证明的嫌疑人。虽然肢解作业的具体时间顺序仍然不明，但只有杀害时间，是绝对无从错开的。因为死者那时还活着。”

今日子小姐边说边跨出浴缸，走出浴室。

名侦探的演说——解谜看来到此告一个段落。

真不愧是最快的侦探，就连收工也很快。

与刻意延长犯案时间的凶手“们”恰恰相反的速度感。

“只要先抓住怎么想都扮演着最为重要的角色，也就是所谓主犯的‘绞杀者’，再来就可以顺藤摸瓜了。假如主犯坚持不吐露实情，逼问切下‘指头’的那些没有体力的人，或许会是个好主意。从切下来的部位较小这点，也可见他们的团体意识肯定比较低。”

“……”

今日子小姐若无其事地提出冷酷无情的建议。

这个人果然雷打不动呢。意图始终完全统一，贯彻始终，不会支离破碎。不……打从一开始，她就不具备支离破碎的条件。她的零件是有缺漏的，无从整合。

对真相的追求，还有对真实的掌握。

身为侦探这件事。

除此之外，什么也没有。

“……谢谢你，今日子小姐。托你的福，我找到破案的头绪了。”

“别这么说，不客气。那么费用就拜托您了。对了，要是您愿意支付比规定费用更多的谢礼，我也会却之不恭地收下的。”

忘却侦探嘴上说着如此贪得无厌的话语，脸上却是满怀喜悦的微笑。佐和泽警部打从心底感谢这样的她，致上自己最高的敬意，同时这么想。

这个人不只忘了“昨天的记忆”，就连身为人最该珍重的一切，也都忘得一干二净了吧。除了自己是侦探这件事以外，全都忘光了吧。

第二话 坠落

1

“不好意思，这件事已经委托忘却侦探解决了，希望你不要介意。”

上司语带不满地对鬼庭警部这么说时，鬼庭警部非但不介意，反而是完全相反的情绪。

不只不介意，还很高兴。

终于可以见到她了。

同样身为女性，鬼庭警部从之前就对以个人身份与警方这个巨大的组织进行业务合作的传说侦探——忘却侦探暨最快的侦探——感到非常好奇。

到底是个什么样的人物。

用以探究对方的底细，自己现在负责的案件，可以说是最适合的了。因为那实在是一件活像宛如会让在推理小说里登场的“名侦探”出马的奇案。

然而，鬼庭警部觉得身为社会人，应该要试着把这种百感交集的兴奋期待压抑在心里，而这尝试似乎比想象中还成功。

“唉，鬼庭。我能体会你的心情，非常能体会。要你别介意，其实是有些强人所难。”

上司自以为善解人意地说道，表情很凝重。

“再也没有比‘让一般人闯进我们的地盘’更打击士气的事了。

算我拜托你，暂时委屈一下，也不要因此泄气。就当忘却侦探是来协助你办案的。要是她胆敢做出任何喧宾夺主的事，到时再把她赶走就好了。”

“好的，我明白了。”

鬼庭警部装得一本正经，点头示意赞同。

听起来是在安慰我，但大概是这个人自己看忘却侦探不顺眼吧。

鬼庭警部冷冷地想到。不，这并不表示对上司感到失望。

这种事很常见。

“我能体会你的心情”或是“我是为你好才这么说的”其实只是把“你”当作一面镜子，投射出自己的意见。

就像新闻主播经常挂在嘴上的那句“或许也有人觉得……吧”，大家其实都只是在表达自己的意见。

鬼庭警部当然也不例外。而在顾虑对方的心情时，大多也会同时考虑自己的得失。

要是“我”会怎么做？如果是“我”会怎么想？

面对工作，人们总是同时思考着这些问题。这本身绝不是件坏事。

实际上，正因为有这般设身处地的思考模式，鬼庭警部才能做出一番成绩来，得以较早跻身警部的位阶。

“反正忘却侦探明天就不在了，再加上她到了明天，就会把一切全都忘光，今天就忍耐一下，陪高层的爱将过过招吧。”

这种上情下达，并非给鬼庭警部的安慰，想必是上司的自我怜恤吧。但是那也意味着他把我的事当作自己的事在想。

所以理当深深感谢，如果还对此心生不满，那就不对了。话虽如此，内心深处还是难免产生无从释然的情绪。说穿了，这也是以上司为镜，投射了鬼庭警部对自己的感情。

镜中镜。

要是不喜欢上司这种说法，只是表示不喜欢自己心中类似上司的部分。

终究是“我”，也仅是“我”。

只是个人的问题，仅是个人的情绪，明明没有实质害处却感到有什么不愉快，肯定是因为看到自己丑恶的那一面。鬼庭警部心想。

憎恨凶手的时候。

觉得死者很可怜的时候。

就是在憎恨自己、觉得自己很可怜。也正因为如此，才会对忘却侦探充满了兴趣。

就连应该放在万事万物前面，作为标准的“我”都忘记的她——掟上今日子小姐，到底是个什么样的人呢？

2

“是个这样的人。”

戴着眼镜的白发女性说道，把名片递给鬼庭警部。

“啊，不好意思。话说得乱七八糟，重来一次——我是这样的人。”

名片上印着——

置手纸侦探事务所

所长·掟上今日子

一天内解决你的烦恼！

鬼庭警部盯着名片上的文字瞧。对于出现在相约地点，年纪比想象中整整小了一轮以上的侦探感到困惑。

“你好。敝姓鬼庭，头衔是警部。”

总之先自我介绍。

因为满头白发，有点难以判断……但怎么看都才二十多岁吧?

穿着打扮也很年轻，高领的夏季毛衣颜色非常鲜艳，与白发形成适度的对比。

传闻根本不可信。

从传闻的无数英勇事迹听来，鬼庭警部还以为忘却侦探比自己老很多。

上司之所以对忘却侦探插手调查一事心生不满，与其说因为什么侦探是平民老百姓，她还这么年轻才是主因吧。鬼庭警部不禁这样想。

“鬼庭警部……吗？警部小姐。”

忘却侦探自言自语。

大概是透过自言自语，把事情确实记下来吧。

不过，所谓“忘却侦探”，应该不是这个意思，应该不是单纯“记不住人的名字”或“健忘”这种日常生活的“忘却”。

“我会全力以赴的，还请多多指教。我想一定能够帮上您的忙。”

满头白发的忘却侦探笑容可掬地深深一鞠躬。即便撇开鬼庭警部的年纪比较长，她显然没有刻意抬高自己的身段。

鬼庭警部还以为这种像是在推理小说里会出现的名侦探，肯定都趾高气扬，即使面对警察组织，态度也倨傲到让人觉得会出问题。这只是基于刻板印象的妄想吗？

不否认有点小失望，但是一想到这不过只是工作的一环，侦探的个性和善，对鬼庭警部而言，这样自然再好不过。

“所以呢，这里就是案发现场吗？”

掟上今日子——今日子小姐迅速切入正题。

真不愧是最快的侦探。

一方面很有礼貌，但似乎也尽可能省略不必要的手续及程序。

对鬼庭警部而言，如此也是求之不得。

鬼庭警部也不喜欢那些繁文缛节。之所以和侦探直接约在案发现场见面，也是因为如此。

“哎呀！我做侦探这一行这么久了，这还是第一次来棒球场呢。”

今日子小姐转了一圈环视四周，感慨良深地说道。

没错，这里是棒球场。

两人现在就站在投手丘上。

3

今日子小姐说她是“第一次来棒球场”。不过这句话的可信度，其实低到令人讶异的地步，或许她以前来过，可能只是单纯忘了而已。

话说回来，“做侦探这一行这么久了”也不是基于某种自觉的发言。听说她连自己是从什么时候开始、为什么从事侦探业，也都忘记了。

忘却侦探。

记忆每天都会重置，绝对不会累积。明明是民间的私家侦探，她却能接到公家机关乃至于警方的委托，也就是这个缘故。

因为无论介入什么案件、知道什么机密——说得极端一点，就算接触到关乎国家存亡危机的事件真相——她也会在第二天忘得一干二净。在这个尊重隐私、视信息外流如洪水猛兽的时代，简直可以说是专为了“现代”量身打造的侦探。

不用担心“警方委托一般人协助调查”的记录被外界知悉这点，也占了很大的因素。

虽说是很大的因素，其实也只是源于警方气度狭小的心胸，但若是站在上司的立场，倒真是非常非常重要的大事。

当然，忘却侦探之所以能受到重用，还能与高层建立紧密关系，不仅仅因为她是“绝对能严格遵守保密义务的侦探”这项理由。

忘却侦探身段放得很低的态度，还有她清廉正直的性格固然很重要，但也不只是这样而已。

记忆只能维持一天，换句话说，她的调查也只能持续一天，因此鬼庭警部认为，她那能迅速解决种种案件的卓越推理能力，才是最值得大书特书的优点。

“一天内解决你的烦恼”……无论什么样的案子都能当天就破案的名侦探……

在忘记之前解开谜团的名侦探。

警局内部传得绘声绘色的那些关于忘却侦探的流言，就算不能完全相信，也是强大得不得了。不过再怎么说，流言毕竟只是流言。如同她本人就比自己听到的还要年轻许多。

因此，我想通过办这个案子来确认一下，最快的侦探到底有多快呢？

现阶段的她看起来很稳重，不像是那种风风火火的人。

“发现尸体的时间是前天清晨，在当时无人使用的球场里，有个人被发现倒在投手丘上。”

鬼庭警部开始叙述案情概要。

她们现在就站在那个“有个人”被发现的投手丘上。其实新闻早已报得沸沸扬扬，本来应该是不需要再叙述什么案情，但谁叫对方是忘却侦探呢。昨天或前天播过的新闻想必都早已“不记得”。

今日子小姐不知在想什么，边听着鬼庭警部说明，边站上了投手板。

事前已经告诉过她案发现场是棒球场了，因此仔细一看，今日子小姐脚下穿着跟裙子完全不搭调的运动鞋，可是就连这不搭调，在她身上看起来也像是一种流行。

“发现的时候，那个人已经死了。简言之，就是有具尸体以俯卧的姿势倒在投手丘上。”

“原来如此，原来如此。”

今日子小姐点点头。

听到前几天有具尸体就倒在自己现在站的地方，依旧面不改色。尽管鬼庭警部也不认为她会像个小姑娘似的大声尖叫、吓得跳开，但是这个人的性格，似乎比外表给人的印象更加胆大。

这部分倒是与传言相符。

“死者是桃木两太郎先生，你知道他吗？”

“不知道。不好意思，他很有名吗？”

今日子小姐仿佛是在检查投手丘的状态，边踢着土边回答。原来如此，虽说是忘却侦探，不过鬼庭警部听闻她仍保有某个时间点以前的知识，所以还以为说不定她会知道。

“是很资深的职棒选手呢，守备位置是投手。”

鬼庭警部向她介绍桃木两太郎所属的球队——就是这个球场为主场的队伍，还有桃木生前活跃的事迹，但今日子小姐似乎没什么概念的样子。

与其说是对桃木两太郎没概念，或许是对棒球本身没有概念。尽管是非常主流的运动，但也是不懂的人就完全不懂的竞技。

当然，鬼庭警部也不是特别了解。就连桃木两太郎的经历，也是自他死后，在调查的过程中记住的。

“嗯。换句话说，资深的现役投手死在球场上，而且还是投手丘上，莫非是在练习的时候，因为心脏病突发还是什么倒下？”

“当初我们也是这样想的，可惜并不是。”

没错。

这才是这个案子的关键。

该说是关键吗？实在是谜团。

“他是摔死的。”

“啥？”

鬼庭警部继续对一脸茫然的今日子小姐说明——就连自己也完全无法理解的——桃木两太郎的死因。

“倒在投手丘上的桃木两太郎，似乎是从高处落下，全身受到剧烈撞击震荡致死。”

“高处……”

今日子小姐抬头往正上方看。

正上方是蓝得望不见一片云的蓝天。

“这是要从哪里掉下来呢？”

这个疑问再正常不过。

然而，鬼庭警部所指挥的调查小组正是希望能知道这疑问的答案，才会找来忘却侦探。

4

全身受到撞击震荡导致休克死亡。

据分析是几乎当场死亡。

死因本身没有怀疑的余地，据鉴识科所言，桃木两太郎的尸体具备着典型“坠落尸体”的特征。非典型的，是发现尸体之处。

棒球场。

棒球场上的投手丘。

让人感觉不会有比这里更宽广的地点。站在这，更会有如此感觉。

既没有建筑物，也没有校舍。

既没有壁立千仞的悬崖，也没有摩天碍日的高台。

当然，也没有设置诸如游泳池的跳台。尽管如此，俯卧在投手丘上的却是如假包换的“坠落尸体”。

“已经知道是自杀还是他杀，或是意外吗？”

今日子小姐边问边走，从投手板往一垒移动，站上垒包。

冷静的疑问让鬼庭警部颇意外。

本以为她会紧咬“不知从何处跳下的尸体”这个谜团，看样子，虽说是名侦探，也不见得每个都会对“不可思议的谜团”产生兴趣。

该说是很现实吗……

和她那遗世独立的言行举止相反，似乎是个信奉现实主义的侦探。

“不知道。还不能确定是自杀、他杀，还是意外。”

完全没有回答到她的问题，但这是事实，所以也只能如实回答。因为状况的确还不明朗。

“没有留下任何类似遗书的东西，若说有什么理由，会让目前仍活跃中的职棒选手非得自己结束生命不可，我个人是想不到……据调查也没有人恨到想要杀死他。但如果因此就断定为意外……”

到底是要发生什么样的意外，才能摔死在投手丘上。

“被投手板绊倒，猛然一跌大摔一跤——之类的吧。”

今日子小姐边说边从一垒走向二垒——与其说是推理，似乎只是先想到什么就随口说出什么。

算了，要是“猛然一跌大摔一跤”是认真的才伤脑筋。

绊倒跌倒就摔成这样固然是意外，但报社也要发号外了。

“对了，发现桃木两太郎先生时，遗体是什么样的打扮？穿着球队制服吗？戴着手套吗？拿着球吗？”

她一下子提出太多问题，令鬼庭警部不知所措——不，其实这些疑问都是可以马上回答的，鬼庭警部不明白的，是今日子小姐提出这些问题的意图——她为何要接二连三地丢出这么多问题呢？

虽然不明白，但也只能回答了。

“他没有穿制服，穿的是慢跑时穿的运动服。据我所知，现场也没有发现球和手套。”

“嗯。那么因为要投球而被投手板绊倒摔跤的假设，就不能成立了。”

难道她是认真的吗？

今日子小姐这次又从二垒往三垒的方向移动——看样子，她似乎打算绕内野一圈。

虽不知她这么做有何用意，但大概也没什么特别的用意吧——鬼庭警部曾听说“总之先动起来”是忘却侦探的方针。

无法静下来的侦探。

基本上或许可说是好动型。

对于第一次来棒球场（或者是忘了以前来过的事）的她而言，或许是借由这样四处游走，来感受案发现场的气氛。

“事情的真相要是被投手板绊倒摔跤而死这么难堪，以他职棒选手的身份，可是不能公之于世的呀！今日子小姐。”

“不过，职业选手的体能通常都好到外行人几乎无法想象。听说理论上，一流的短跑选手朝着硬墙全力冲刺，一撞可能就会当场死亡呢。”

虽说是理论上，但你这是让一流的短跑选手做什么呀。

难道她是要以这个理论来同理可证，若是职棒选手在全力投球时跌倒一撞，会跟从高处落下摔死一样撞到“全身挫伤”吗？

“不，我不是这个意思。”

今日子小姐踩上三垒的垒包，转身面向站在投手丘的鬼庭警部。

“只是，有可能是‘凶手’故意让人这么觉得。”

“凶手？”

“我是说，有人对桃木两太郎先生恨之入骨，想玷污他身为职棒选手的经历，故意制造出这种状况的可能性。只是‘凶手’粗心大意地忘了摆上球和手套，也忘了帮死者穿上球队制服，所以才会使得状况看起来不是那样，结果成了不可思议的‘坠落尸体’。”

不可思议的状况是因为“凶手”事后布置欠周造成的——这还真是鬼庭警部从来没有过的想法——虽说一点真实感也没有。

而且这么一来，也仍然无法为桃木两太郎究竟是“从哪里掉下来”的疑问找到解答。

鬼庭警部继续问今日子小姐。

“那，今日子小姐，你认为这是凶杀案吗？”

“目前还无法判断是否为凶杀案。仍可能是自杀，也可能是意外。只不过，不管怎么说，感觉似乎夹带着什么人为的意图在其中。”

今日子小姐气定神闲，若无其事地说出这种故弄玄虚的话。

“人为意图？如果是他杀或自杀或许另当别论，明明是意外，还会有人为意图吗？”

“会啊！因为无论什么样的意外，都是有人行动所引发的结果呀。”

“……”

总觉得话都是随她在讲。

但也真是讲得极妙。

今日子小姐终于开始往本垒移动。

“桃木两太郎先生的尸体是在当天的上午被发现的……在那之后这座球场就没有人使用了吗？看起来，今天似乎也没有要使用的预定。”

“是的。目前暂停营业。”

鬼庭警部不确定“暂停营业”是否也能用在球场上，但意思到了就好。

“所有的预约都已经取消了。不管怎样，毕竟发现了超乎常理的尸体，还在进行调查的期间也不能干吗。”

实际上，她也不确定高层到底是怎么判断的，或许就像上司偏颇的猜测，忘却侦探是在高层的“偏爱”下被找来的。

然而，为了让球场可以尽快重新启用，的确也必须早日让本案落幕，为此，不择手段地委托“最快的侦探”，大概也是一种办法。

当然也不能让媒体继续抱着看好戏的心情，没完没了地报道名人超乎常理的死亡吧！

“抱着看好戏的心情？媒体吗？”

“该说是媒体，还是球迷呢？毕竟是‘投手死在投手丘上’，自然被美化成战死或殉道，被炒作得沸沸扬扬。”

因为至今尚未向世人发表“坠落尸体”这个最关键的部分，所以难怪事情会这样发展。

再这样下去，也不知道这个消息能瞒着社会大众到什么时候，毕竟这个时代很难彻底保密。

一旦得知桃木两太郎的死既非战死也非殉道，而是“摔死”，想必又会掀起另一股与现在截然不同的轩然大波吧——这也并非大家乐见的结局。

能严格遵守保密义务的忘却侦探确实弥足珍贵。鬼庭警部想。当然，这是在她真的能“在今天揭晓案件真相”的前提下。

“抵达终点！”

踏上本垒板的同时，今日子小姐说道。本垒并没有终点的含意，所以她对棒球本身果然不太了解。

就算从现在开始熟读棒球规则，到了明天也会忘记，所以在从今往后的人生里，今日子小姐都不会成为棒球迷吧。想到这点，究竟该以怎样的情绪面对才好呢？好难理解。

如果是“我”的话，光想到“记不住任何新事物”就无法面对了。

“要向热腾腾的舆论泼冷水，着实有些于心不忍，但这就是我的工作，只能勇敢面对了。鬼庭警部。”

“是。什么事？”

“接下来，可以到选手休息区再继续讲吗？”

因为她郑重其事地直呼自己的名字，鬼庭警部不禁有点紧张，还以为她要问什么，结果忘却侦探的下一句话却是——

“球场上没地方可以遮太阳，这样皮肤会晒黑的。”

5

没地方可以遮太阳。

虽然是荒唐之言，但也同时表现出案件的本质——要是有地方可以遮，就能够推测桃木两太郎是从那里摔落的。

空旷的棒球场上，并没有那样的“乘凉处”。如果是有屋顶的球场，或许还有所谓“猫道”的高处维修通道，但是在这座棒球场的正上方，只有蓝天、白云和太阳。

“或许有座天空之城呢。”

移动到选手休息区，刚坐下来，今日子小姐便这么说。

她还记得那部电影啊。

“那是我的梦想喔！我很希望像那样去各式各样奇妙的国度旅行呢。”

听她说来，今日子小姐指的似乎是《格列佛游记》里的飞岛拉普达。话说，记得电影《天空之城》一开头，就是有个女孩子从天而降。

鬼庭警部当然不觉得桃木两太郎是从飘浮在天空中的王国中摔落——纵使真的是那样，从那种高到见云的高度掉下来，尸体肯定会摔得粉碎吧。

桃木两太郎的尸体虽然损伤严重，但是也没有到支离破碎的地步。

“说的也是——可是比起坠落的高度，听说‘坠落尸体’的损伤程度更受到落点地面的硬度左右呢。因为空气有阻力，落下的速度到一定的程度以后就不会再加快了。”

“是……是这样的吗？”

“是的。所以‘姑且不论空气阻力’其实是不太可能的喔！”

在忘却侦探的催促下，鬼庭警部也坐上板凳，往投手丘方向看。这么说，投手丘的材质是柔软的泥土。

若说是那种土造成他“全身是伤”，即使不考虑天空之城，桃木两太郎也得是从相当高的高度掉下来。

“调查小组也提过会不会是从飞机上摔落……当然是半开玩笑的。”

“从飞机上摔落，是因为降落伞打不开吗？可是，桃木两太郎先生也没背着降落伞……还是有人把降落伞带走了？”

都说是半开玩笑了，忘却侦探依旧一丝不苟地仔细探讨这个可能性。

“或者是有谁心存恶念，故意把桃木两太郎先生从飞机上推下来，也不是没有这种可能。”

“……也是，至少比‘被投手板绊倒，猛然一跌大摔一跤’而死更可能些。”

鬼庭警部打算收回不小心脱口而出的“飞机”假设，她不想把时间花在探讨这么荒唐无稽的假设上。

对忘却侦探而言，时间应该是宝贵的。

“还有什么其他的可能性吗？”

“立刻能想到的，就只有起重机了。”

今日子小姐不假思索地回答。

看样子，在探讨“跳机说”的同时，她满头白发的脑袋里已经在思考另一个可能性了——起重机。

她口中的起重机，指的是重型机械的起重机吗？

调查会议上也没人提过这种假设……这是什么意思？

“意思是，用起重机把桃木两太郎先生的身体吊起来，在最高处把钩子松开，最后再把起重机开走，现场就只留下‘坠落尸体’了。”

这时，今日子小姐突然又想到什么似的，补上一句。

“这用消防队的云梯车也能办到呢。”

的确，这么一来，超乎常理的“坠落尸体”就能得到解释了——不过，这跟“跳机说”一样，都只是为了解释而解释。

不管是飞机也好，起重机还是云梯车也罢，都太夸张了。

要是这么夸张的也行，那就什么都能算了，一点也不实际。

“也是，无论是大半夜或天刚亮，如果有飞机或大型特殊车辆在棒球场附近徘徊，不可能没有目击者。那么，接下来该讨论点实际的了。”

接着今日子小姐总算提出了合理的假设，但这个假设，却是个任何人一开始都会想到的假设。

“应该是有人把摔死在他处的桃木两太郎先生搬来这里吧？”

“是……可是，这是不可能的。”

鬼庭警部说自己也提出过类似的假设，但是被鉴识科驳回了。

“因为一旦移动，必定会在尸体上留下痕迹。现在已经可以根据尸斑或死后僵硬的程度，清楚分析尸体是否曾被搬动了。”

“‘现在’是吗？”今日子小姐问道。

我失言了吗？鬼庭警部心想，“现在”是何时，忘却侦探是搞不清的。

不过，要顾虑这么多，对话就进行不下去了。再说回来，今日子小姐也不希望别人想太多吧。

“移动尸体的诡计在推理小说里，是很有历史的常见桥段，但如果在‘现在’，大多数的诡计应该都不能成立了吧。”

“啊……也是。”

鬼庭警部无法否认。

无论是在爱好者还是创作者之间，“推理小说已经把所有诡计用尽了”都是经常被挂在嘴边的定论，而实际上的问题其实更严重，是“已经被用尽的诡计都一一变得不能用”，这是因为科学调查、科技进步。

这不只是推理小说的问题，手机出现以前写的小说，有些桥段会让人看了觉得好像是发生在另一个世界的奇幻故事。有时候就连科幻小说里的技术看起来也很老套，实在觉得自己就住在未来。

所以时代小说无论经过多久都不会没人看——原本就是在过去，自然不会“过时”，反而成了优势。

“不过，如果用最新科技作为诡计，倒也不是不能成立……所以也不能武断地说所有诡计都用尽。”

今日子小姐耸耸肩。

“或许这桩案件也用了最新科技，可能是将最新科学知识运用到极限，才造成让桃木两太郎先生摔死在球场投手丘上的结果。”

“……我认为不太可能。”

光是棒球场这个地点，就已经离科学千里远了吧？不，是否这么想才为无知的偏见呢？

况且，如果是刚开始推行发展时也就算了，棒球到了现代也已经算是战略的竞技，就连选手的训练或饮食，都根据生理学得到彻底的管理。就鬼庭警部所知，身为职棒选手的桃木两太郎，似乎是个很传统的运动选手。

“听说他是以不按常理出牌的上场和投球闻名的投手。说他是资深选手听来是很体面，但其实因为年轻时过于逞强，现在身体似乎有很多毛病——全身上下都开过刀。据传也有人劝他急流勇退，可他本人似乎完全没有这个意思。也不管教练的忠告，自主训练总是过度，或该说是过劳呢？还曾经大声昭告天下，说自己‘希望死的时候能死在投手丘上’。”

“希望死的时候能死在投手丘上。”

今日子小姐说着，一脸茫然地歪着头。从表情看不出她有什么感想。

“不过，因为是在受访时的发言，也许本人只是随口说说，当然也可能只是塑造形象。但因为这句话加强了众人对他‘殉道’的印象，却也是不争的事实——”

迟疑了半晌，鬼庭警部接着说。

“这也是怀疑他或许为自杀的重要因素。”

“嗯。所以大家是比较倾向自杀的假设吗？”

今日子小姐提出率真的疑问，内容虽然不怎么率真。

“始终无法突破也是事实。这对成绩会明确量化的运动选手而言确实残酷，还传出过管理侧方面似乎并不排除要将他降为候补选手。”

鬼庭警部刻意平淡地回答。

为了避免代入个人感受，但是在“想要避免代入个人感受”的时候，或许就已经是太入戏了。

毕竟不是只有运动选手的成绩会明确量化。

警察和侦探也是如此。

“是吗？可是听说也有球迷比较喜欢看候补选手的比赛呢！”

不同于鬼庭警部，看来完全没把感情投射在桃木两太郎身上的今日子小姐来了句答非所问之后，却又为求慎重似的再问了一次这个问题。

“您说过没有遗书对吧？”

“是的，没有留下遗书。因此力推自杀说的主要还是社会舆论，或该说是媒体。并无任何具体的证据可资佐证。”

“这样啊。如果明明不是自杀，却被大家误以为是自杀，还是蛮讨厌的吧。就算被讲得像是光荣战死——”

今日子小姐说到这，似乎想到了什么。

“光荣战死——吗？”

又自顾自地小声重复了一次。

6

鬼庭警部与忘却侦探在选手休息区针对案情深入讨论了好一会儿，今日子小姐突然仰望天空。

“要不要来玩抛接球？”

今日子小姐出人意料地问道，接着便站起身来。

抛接球？

语声未落，今日子小姐已踏进球场，手里不知何时蹦出了两个手套和一颗球。大概是有人放在选手休息区里吧。该说是职业习惯还是职业病呢，她似乎非常擅长“找东西”。

这点令鬼庭警部感到佩服，但——抛接球？

为何这么突然？

“为了转换心情呀！请陪我玩一下吧，鬼庭警部。”

“是……呃，当然，没问题。”

鬼庭警部不解地跟在她身后，踏入球场。不知不觉，蓝天布满乌云。

今日子小姐似乎是看到这样的天气变化，决定回到球场上。在与鬼庭警部讨论案情的同时，她似乎也在偷偷观察天气。

该说是有眼力见呢，还是眼睛尖呢？

“那好，这给您。虽然不是捕手手套。”

今日子小姐把其中一个手套递给鬼庭警部。

“可以请您拿着这个，蹲在本垒板那儿吗？我会从投手丘丢球过去。”

“噢……”

看样子，今日子小姐似乎不是要玩单纯的抛接球，要蹲在本垒板，等于是要鬼庭警部扮演捕手，然后由自己担任投手……

不，不是担任投手，而是扮演桃木两太郎吧？

与其说是转换心情，她追求的是转换想法。

今日子小姐对他的死，应该没有任何感觉才对，不过也正因为如此，才要重现他的动作。

传闻中的她，是个不管想到什么都要试试看的侦探，而这又是？

幸好鬼庭警部穿的是裤装，就算蹲在本垒旁也没有任何问题，但她不认为即使脚踩运动鞋，却是裙装打扮的今日子小姐，能扮演好投手的角色。

要知道就连男人也不见得能球不落地地从投手丘把球投到本垒……

“放心吧，虽然很可惜我已经忘记了，但我好像有过开球的经验。”

这句话既不是忘却，也不是记错，只是单纯的谎言。

看在门外汉眼中，所谓的开球仪式也是种莫名其妙的活动……鬼庭警部心想，同时在本垒后方蹲下。

虽说穿着裤装，但对于敞开大腿还是颇为抗拒，因此鬼庭警部用双脚一前一后的姿势蹲下。像这样从较低的角度看过去，感觉投手丘比想象中还要远得多。既觉得好远，也觉得好高。

所以才称为投手“丘”吗？

案发后，鬼庭警部已经来过球场好几次，但这是第一次有这样的体会——原来如此，凡事都要试过才知道。可是，就算是这样，也不可能跳投手“丘”致死吧，毕竟高度也不是太高。

“我要丢了喔！投手，举起手臂！”

今日子小姐摆出挥臂式投球的姿势。

姿势还真是不必要的标准，至少并不是开球仪式那种图个好玩的感觉。略微的紧张感窜过鬼庭警部的身体，原本只不过是用一种陪玩抛接球游戏的心情蹲在这里，说来捕手不是应该要戴上面罩、穿上护具，穿戴那种类似防护盔甲之类的吗？会有捕手专用手套，也应该是有其原因的——

“把球投出！”

与其说是棒球选手，今日子小姐更像体操选手般优雅地将单脚高高抬起，并在瞬间毫无保留地露出美腿。鬼庭警部还没反应过来，她已经一脚蹬在地上，扭转身体，把球扔了出来。

与其说是扔球更该说是射球，要是射球更该说是杀球的投球气势，与那美腿形成对比的刚强力道，令鬼庭警部反射性地闭上了双眼。

仔细想想，再也没有比在这种情况下闭上双眼更危险的事了，所幸那一记高速球并未砸在鬼庭警部的身体或脸上。

发出“咣”的一声轰然巨响的，并不是鬼庭警部的骨头，而是其背后的铁丝网。

转身一看，心惊胆战。

球不只全程不落地，还穿过了捕手位置砸到本垒后方的铁丝网上。但看这球深深陷在铁丝网极高之处，今日子小姐的控球力似乎是完全不行。

只不过，控球这样居然敢找没戴护具的捕手“抛接球”……

总算是像个侦探了……像个把警官耍得团团转的侦探。

鬼庭警部心想，重新面向投手丘。

“……今日子小姐？！”

今日子小姐倒在投手丘上——俯卧在投手丘上。

鬼庭警部连忙站起来冲向她。本垒到投手板之间的距离，意外遥远。

“你没事吧？！”

“是的，我没事。”

今日子小姐依旧趴在地上，头也不抬地回答。还以为她是因为投球太用力才跌倒，不过看样子并非如此。

她应该是在把球投向鬼庭警部之后，才刻意倒下来的。

也就是说……她是在实验“被投手板绊倒摔跤”的假设吗？

所以她并不是真的跌倒，而是“假装”被绊倒。无论如何，今日子小姐就是在尽可能重现桃木两太郎的尸体被发现时的状态吧。

“嗯……”

只是，这么做好像并未带来满意的成果，今日子小姐将双手撑在地上站起来——虽说是双手，但其中一只手戴着手套。

把漂亮的衣服弄脏了却还是一无所获，然而她也丝毫不在意的样子，轻轻拍掉身上的尘土。

“要是我，还真不想死在这里啊！”

平铺直叙的意见。

这或许是她听了桃木两太郎不见得真的讲过的“想死在投手丘上”的感想吧？真要讨论起来，首先大部分的人应该都不想死吧，不管死在哪里。

“对呀……所以这种心态还是球迷的幻想吧。虽说在体育的世界里，轮不到侦探来大放厥词，但就像推理小说迷经常会说‘横竖都要被杀的话，希望能在密室里杀死我’或‘杀我的时候还请务必制造不可能犯罪’之类，我小时候也说过呢。”

虽然是忘却侦探的“记忆”，但如果是小时候的事，可能还是有一点可信度，而且，鬼庭警部也曾这么说过。

现在回想起来，只觉得丢脸至极。

“是的，冷静地想，无论是用什么方法，谁都不想被人杀吧。只不过由于无法对于自己的死产生真实感，多少有些当成别人的事在想象。”

“……你想说什么？今日子小姐。”

她知道今日子小姐话中有话，绝不只是想跟她深入探讨推理小说，可是完全猜不透她想表达什么。

“就现状，要说桃木两太郎先生因为‘想死在投手丘上’而利用某种方法‘战死’是不太可能的。不过，倒可能有个把他‘想死在投手丘上’的发言当真的‘狂热粉丝’，替他‘实现’了‘愿望’也说不定。”

亦即他杀的可能性。

今日子小姐边说边摘下手套——从右手摘下。

“我以为用左手就能投得不错呢！”

7

虽说控球是糟到不行，但如果不是惯用手的左手都能投出那种高速球，今日子小姐显然选错了职业，但先不谈这个。

他杀。

当然，鬼庭警部也思考过各式各样的可能性，但是因为死状本身过于离奇，无法将推理推演到这么具体。就算想到他杀，也只会想到怨恨或谋财害命之类的动机。毕竟最近这座球场附近也接连发生多起窃案，治安实在算不上太好。

可是，桃木两太郎是名人。

“狂热粉丝”。

这的确是应该要列入考虑的嫌疑人。

看不下去近年来成绩低落的桃木两太郎，不忍心见他晚节不保，于是铸下大错。

强迫他急流勇退。

退出棒球界，也退出人生的舞台。

不，桃木两太郎的成绩倒也没有糟到“晚节不保”，要说他是十分活跃也还不为过的水平。

纵使运动选手留下的成绩数字不甚理想，要怎么解读也是颇主观的，但倘若是了解他全盛期表现的“狂热”粉丝，也许会觉得现在的桃木两太郎已经老兵凋零了吧。

只是，别说“热情”的粉丝，要是他身边有这种“狂热”的人，应该早就已经浮上台面。要说这是偏见也无法反驳，但是看起来会杀人的人就是会杀人——毕竟是做这行，鬼庭警部无法不这么想。

“今日子小姐，你怎么想？”

鬼庭警部想听听摒除偏见的意见，向今日子小姐提问。感觉身为侦探的今日子小姐，或许会有相反的意见。

假如看穿“意外的真相”是名侦探的夙愿，感觉她反而会认为“看起来不会杀人的人才会杀人”吧。

这大概也是一种偏见……

只不过，鬼庭警部未能得到今日子小姐的回答。

一回神，刚才还站在投手丘上的今日子小姐竟然不见了。

咦?

鬼庭警部四下张望。

早有耳闻今日子小姐是那种视线一离开她身上就会马上玩失踪的侦探，但是在这么近的距离之下还能把她搞丢，鬼庭警部不由得一时仓皇无措，还好不一会儿就看见她的白发——不，也不能说是还好。

因为她竟然从投手丘穿过鬼庭警部刚才蹲在那的本垒板，走到本垒后方的铁丝网旁。不仅如此，她双手抓着铁丝网，正准备攀爬上去。

“今……今日子小姐！”

鬼庭警部大喊，同时冲向前去，可惜为时已晚。

所以说，投手和捕手之间的距离真的太遥远了。何况还得再加上本垒和后方的铁丝网之间的距离。当她赶到的时候，今日子小姐已经爬上了铁丝网快一半高度。

踏上投手丘还不够，还要爬上铁丝网吗?

看来她是打算去拿刚才自己投出去，卡在网子上的球。

因为是擅自拿来用的球，的确应该要好好地放回原处，可是有必要自己爬上去拿吗？

虽然她还把长裙在胯下打个结，保持一定的格调，但仍旧不能否认这个像只野猫似的行为十分狂野。

“今日子小姐！危险啦！请赶快下来！”

“不要紧。我以前很会攀岩的！只是忘记了！”

虽又是这么说东又讲西，但今日子小姐身手确实很厉害，活像个攀岩高手似的直线爬到卡着球的位置。

“交给你喽！”

今日子小姐把球从铁丝网取下，扔向鬼庭警部——其实就只是松手，让球往下掉而已。

鬼庭警部还戴着手套，所以这次稳稳地接住球。

既然球都拿回来了，今日子小姐这下子总该下来了吧。鬼庭警部自顾自地松了一口气。但今日子小姐却还挂在网子上，扭转着身体，似乎是想将球场的景色尽收眼底。

从那个高度看出去，视野肯定很不错吧。嗯？那个高度？

就在鬼庭警部想到什么的时候。

“哎呀！”

把球丢给鬼庭警部后，只用单手抓住网子撑住自己体重的今日子小姐，冷不防手一松就往下掉。

“今……今日子小姐！”

鬼庭警部反射性地冲向她的落点处下方，但还是来不及。忘却侦探只任由自己背对地面，打开双手双脚，成大字形往下掉。

发出巨大的声响。

“今日子小姐！请振作一点！”

鬼庭警部吓得魂飞魄散，狼狈地冲到她身边蹲下，扯开嗓门大喊她的名字。不知道能不能擅自移动她。

乍看之下，似乎没有出血……眼镜也没有裂痕。不，眼镜不是重点，重点是骨头有没有摔断。

对了，脉搏呢？呼吸呢？救护车！

“醒醒啊！”

“好的，早安。”

“哇啊！”

今日子小姐突然坐起身来。

像是要响应鬼庭警部的呼唤，今日子小姐奋力睁开双眼。与其说是恢复意识，更像僵尸回魂似的唐突。

也像是计算机重新开机。

“你……你、你没事吧？”

“是的，我没事。意识很清楚。”

“那……那就好……”

看她对答如流的样子，鬼庭警部反而不知如何是好，总之先连忙阻止想坐起来的今日子小姐——恢复意识固然是好事，但不见得就没有受伤。

可能运用受身姿势分散了冲击吧……说来她是打开双手双脚呈成大字形掉下来的，鬼庭警部听说过“人在着地时，与其乱动不如扩大自己触地面积以助于分散冲击”的说法，但一直以为这只是理论，不可能实践。

……欸?

恢复意识?

也就是说……

“话说回来。”今日子小姐把眼镜推回原位，笑脸盈盈地问她，“你是谁？这里是哪里？我……是来参加开球仪式吗？”

8

今日子小姐只有今天。

她的记忆每天都会重置——说得更正确一点，是一觉醒来，之前的记忆就会消失。

不一定非得要在晚上，甚至也无关睡眠时间的长短，只要有一瞬间失去意识，就符合记忆重置的条件。

这也是她之所以身为“忘却侦探”，之所以能将“严格遵守保密义务”当成卖点的原因，当然这不光只有好处，同样也有绝不能忽视的风险。

万一今日子小姐在办案的过程中“睡着”，就等于让在那之前的调查及推理完全归于虚无。

无论什么案子都能在一天内解决，今日子小姐的“最快”往往伴随着在如此限制下争取时间的难题，反过来说，站在“凶手”的角度，只要能让今日子小姐在调查过程中睡着，就能逃过名侦探的追捕。

因此，在委托她协助调查时，与她共同行动的刑警的业务内容之一，就是要从这些坏人的魔掌中保护好忘却侦探——关于这点，鬼庭警部的上司当然也有交代——但如果是今日子小姐本人自作孽，这又该如何是好？

擅自爬到本垒后方的铁丝网上，擅自从网子上掉下来，擅自昏过去，擅自丧失记忆，难道是常有的事吗？

实际上，今日子小姐也对此有所准备，只见她卷起左手的袖子，上头有着她自己的笔迹，写着“我是掟上今日子，二十五岁。侦探。每天的记忆都会重置”。

因此，虽然鬼庭警部不是很清楚她从睡眠中醒来的时候，记忆会被“重置”到几岁，但她马上就知道自己是谁了。

理解了自己是忘却侦探这件事。

可是，关于案件内容则忘得一干二净。包括职棒选手桃木两太郎的事，以及他那不可思议的坠落身亡之谜。因此，鬼庭警部只好从头说明一遍。

一件事费了两次工。

这么一来，今日子小姐的推理还停留在摸索阶段，几乎没有任何进展一事，也算是意外的幸运。不，也可能只是没跟鬼庭警部说，或许在今日子小姐心中已经有什么假设也说不定。

不管如何，现在比起白费工夫，她的身体更令人担心。迅速检视一下似乎没骨折，也不见跌打损伤，不过要是头部受到猛烈撞击，听说症状要过一阵子才会出现。

而当事人不但没有自觉症状，就连掉下来的记忆也没有。

“你这人在胡说些什么呀，才没有那回事呢。我怎么可能没事去爬什么本垒后方铁丝网呢？更别说还从那上头掉下来了。哪有侦探会在调查中做出这么莫名其妙的事情？可别因为看我失去记忆，就想随便糊弄我喔！话说你又是谁啊？”

居然坦荡成这样，真让鬼庭警部觉得担心她的自己实在是蠢到家了。所幸，就像今日子小姐写在左手上的备忘录那样，鬼庭警部也有警察手册这个身份证明，因此马上就能说明清楚自己是什么人。

还有，看到全身上下沾满尘土的衣服，纵使是今日子小姐，似乎也不得不承认自己的拙劣与迷糊，感觉比起侦探，眼前的她更像个被不动如山的证据逼到死角的真凶。

“呃，不过你没有受伤真是太好了，今日子小姐，你要换衣服吗？”

连白发也沾到泥土，干脆让她去冲个澡弄清爽舒服比较好。

“……嗯。”

可是今日子小姐好像没听明白鬼庭警部说的安慰话，只是抬头仰望自己失手掉下来的铁丝网。

是不愿接受自己的失败吗？而且桃木两太郎是掉在投手丘上。

“不，倒也不见得如此呢，鬼庭警部。”

今日子小姐仍然仰望着铁丝网说道。

她叫“鬼庭警部”时的重音位置跟刚才不太一样，看起来在记忆重置之后，并不是一切都会一模一样再来一次。

可能会受到什么细微的条件或要素影响吧。

“虽说他是在投手丘上摔死的，也不见得就是在那里掉下来。或许是有人把摔在其他地方的桃木两太郎先生移到这里来的啊。”

不过，关于这一点，今日子小姐倒是说了一模一样的话。

这是任谁都会第一个想到，再合理不过的假设，因此鬼庭警部再度耐着性子，说明“尸体一旦移动，必定留下痕迹”的理由加以否定。

“那是指‘尸体’一旦移动？”今日子小姐说，“换句话说，如果不是尸体，就算移动也无法判断吧？”

“咦……不，啊，要这么说也没错。”

咦？怎么回事，怎么跟刚才讨论的完全不一样？

“不，并没有不一样。鬼庭警部刚才不是讲过吗，桃木两太郎先生是几乎当场死亡。”

“没错，我是讲过。”

正因为如此，这个“坠落尸体曾遭移动说”才会不成立……

“是‘几乎当场死亡’吧。‘几乎’并不是立刻。”

“……”

几乎，立刻。

这是在玩文字游戏吗？咦？

严格说来，“当场死亡”与“几乎当场死亡”的确是有差异。并非“等于”而是“约等于”。然而，这不是当然的吗，根本用不着她提出来。

人又不是机器，不可能像关掉电源那样“啵”的一声就丧命。“死”除了是定义上的问题，也是“几乎”这种灰色地带所在之处吧。

然而，今日子小姐到底想借此表达什么，倒是令鬼庭警部很感兴趣。在她从网子掉下来的前一刻闪过自己脑海的灵感，说不定会跟这有关联。

“嗯，比如说根据鬼庭警部的假设，我刚刚不是从那上头掉下来吗？”

那不是假设，是事实。

算了，姑且先听她怎么说。

“同样地，假设桃木两太郎先生也是从那上头掉下来受到致命重伤，‘几乎当场死亡’——但是还没死，还活着。虽然心脏快停了，呼吸也快停了。就在奄奄一息的时刻，爬上了投手丘，在那里咽下最后一口气。这个假设应该能解释这个不可思议的状况吧？”

这个吗——就是假设吧。

无法交代桃木两太郎爬上铁丝网的理由（总不会是爬上去拿球吧），要爬到投手丘，应该会在地面和他身穿的运动服上留下痕迹。

就算因为基于“想死在投手丘上”的意念，临死之际，挤出最后的力气爬上投手丘这种感人肺腑的假设可以成立……

“说的也是。那，或许是谁把他搬过去的，为了完成他‘想死在投手丘上’的心愿。”

“……”

倒也不是不可能，至少这样“摔死在投手丘上”就说得通了。从某个高处摔落，造成了致命伤，之后马上在所谓“死去的过程”那一小段时间里被搬上投手丘，不能否定这种假设是成立的。

这就是刚才闪过鬼庭警部脑海的灵感，看见今日子小姐爬上本垒后方的铁丝网这个“高处”时，便想到能不能从那里想办法跳到投手丘上。虽然从角度上来说不太可能，但如果是摔下来之后再被搬过去，倒也不是毫无可能。

前提是距离要够短。

“若从‘他杀’这个角度来看，则可能是把死者从某个高处推落，再将其搬到投手丘上。”

今日子小姐说道。

然而随后又像是要收回自己才说过的话一般，接着说：“但即便如此，也不会是从传说中的这个——据说是我曾经摔下来的铁丝网被推落的喔！”

慢着！要收回自己说过的话倒是无所谓，但真希望她别把自己从铁丝网上摔下来的事，加上“众说纷纭”这种附注。那可是不折不扣的事实。

然而，“桃木两太郎不是从铁丝网上摔落”的根据何在?

“根据就是我自己啊！”

光是听这句，或许会误以为忘却侦探是个自大狂，不过这似乎仅止于字面上的意思，她让鬼庭警部看她的背——沾满尘土的背。

“就连娇弱如我，从那个高度掉下来也能毫发无伤，何况是运动选手，不太可能受到致命伤。”

“哦——这样啊。”

虽然因为失去记忆，很难说她是“毫发无伤”，但在摔落时采取的受身姿势确实高明，加上那么狂野地爬铁丝网，很难认同用“娇弱”两字来形容今日子小姐。不过单就“从铁丝网的高度落下并不会造成致命伤”这点，鬼庭警部倒是没有异议。

还不到致死的高度……当然，视坠落时的姿势或碰撞位置，即使是从二楼掉下来也会致死，但桃木两太郎全身上下承受的撞击伤，却也并不是他的致命伤。

“更何况，也很难想象桃木两太郎先生会在深夜来到球场，千辛万苦爬到铁丝网上，最后还从那里掉下来。”

即使受到凶手的胁迫，也不会这么做吧？鬼庭警部暗带嘲讽。

“是呀，没人会做出那么愚蠢的事。”

今日子小姐事不关己地表达赞同。

仿佛为了证实鬼庭警部心里对她的印象，今日子小姐又一把推翻自己刚才说的话——

“不过，先不管蠢不蠢，也就是说，先不管会不会真的爬上去，如果是掉到另一侧，那就不一定了呢。”

与其说是推翻前言，就算是有记忆，她似乎也完全不会拘泥于自己之前的推理及观察。

“另一侧？你的意思是……”

“不是球场这边，而是掉到观众席那一侧的情况。从观众席爬上本垒后方的铁丝网，又摔落观众席。这么一来，因为落点不是泥土而是水泥地，纵使没多高，也会身受重伤。”

“哦……原来如此。”

是衍生自刚才今日子小姐在失去记忆以前说的“比起高度，地面硬度才是重点”的说法。

即使失去记忆，似乎不会连基础知识都丧失。

“……今日子小姐，你这么说有几成把握？”

搞不好她马上又要说出完全相反的推论。鬼庭警部边想，边小心翼翼地问道，然而今日子小姐却转过头来嫣然一笑。

“可以说是一点把握也没有呢！”

那笑容甚至有点小白。

就算是白发的侦探，也不能这么小白。

“光是要从本垒后方铁丝网附近爬上投手丘就难如登天了，更别说是落在观众席那一侧的桃木两太郎先生要在‘几乎当场死亡’的‘几乎’这个空当间移动到投手丘……要是还那么有体力，早就去医院了吧。”

“不是也有‘其他人把他从观众席移到投手丘’的可能性吗？也就是，利用某种手段把他从铁丝网推下去——”

“在那之前，必须先利用某种手段，将桃木两太郎先生带上铁丝网的高处……这仍然很难想象会是他自己爬上去的。他又不是小孩子。”

眼前就有一个明明不是小孩子却爬上去的人。不过，看在这个人似乎愿意有条有理地讲述其推理的份上，就不跟她计较了。

“利用某种方法迷昏‘死者’，把他扛在肩膀爬上铁丝网，将其推落观众席那一侧予以杀害。接着自己顺着铁丝网爬下去，再把他扛起来，爬过网子，一起来到球场这一侧，最后再把他搬到投手丘上。”

“……办得到吗？”

“理论上或许办得到，但我想不太可能。”

今日子小姐有点粗鲁地把手伸向铁丝网，该不会又要爬上去吧！鬼庭警部更担心她又再说什么“凡事都要试过才知道”，要背着鬼庭警部爬铁丝网。幸好她只是把手放上去而已。

这也难怪。

“看这个铁丝网的强度，根本无法支撑两个大人的重量吧，一上去就会‘咕叽’一声被扯到整个变形。”

虽然她用可爱的拟声词来表现，但是在攀爬这种铁丝网的过程中，要是网子发出“咕叽”一声整个变形，可不是开玩笑的。

凶手也会跟着一起摔下，从他杀变成双尸命案。

“真要这样说的话，今日子小姐，一个人也办不到不是吗？”

“咦？是吗？”

今日子小姐不以为然地侧着头问。

看样子这个人会以为自己办得到的事，别人也一定办得到。当然，换成鬼庭警部，倘若收到无法违抗的命令，被要求无论如何都要爬上铁丝网，那倒也不是不能爬。毕竟学过柔道，真要跳下来，应该也能保护自己不受伤。然而，那是因为鬼庭警部是位个子娇小、身轻如燕的女性才办得到。

但桃木两太郎可是体格壮硕的男性运动员，而且肌肉相当结实，他的体重搞不好是今日子小姐的一倍以上。

“哦——体重。原来如此。”

今日子小姐心领神会地点了点头。

然后又重新看了铁丝网一眼。

“这的确疏忽了。因为我从未认真想过身体的重量什么的。”

“……”

这句话真令人羡慕。

也罢，正因为是这样的今日子小姐，才能从那种高度掉下来还没受重伤吧，损伤仅止于失去记忆的“程度”。

“因为爬不上去才会掉下来，虽然也可以这样看，但如果爬不上去，也无法到达足以掉下来的高度。”

“没错……不过以职棒选手的体能，倒也不是绝对爬不上去，可是这么做一定会在铁丝网上留下痕迹才是。为了不掉下来，用力抓紧网子，导致变形的痕迹。”

今日子小姐边说边检查铁丝网的形状，鬼庭警部也模仿她的动作，却也如所料没发现那样的痕迹。

今日子小姐能不在网子上留下任何痕迹地爬上去，体重再怎么说都太轻了吧……鬼庭警部反倒担心起来，又想到或许是像她摔下来的时候那样，原本就善于在活动时分散自己的体重。

“算了，顺便也把本垒后方以外的网子检查一下吧，毕竟一垒侧和三垒侧的看台那里，也有高度很可观的铁丝网。”

感觉今日子小姐真的是“顺便”就动了起来，与其说是不放过任何微乎其微的可能性，更像是想要彻底排除遭到否定的可能性。

也是，倘若没有这么仔细的态度，侦探常用的那招“利用排除法进行的推理”就不能成立了。当然，鬼庭警部也愿意奉陪到底。

反之，要是这时能找到铁丝网不自然变形的地方，就表示距离破案也不远了。

“或许我已经问过这个问题……鬼庭警部，这座棒球场的安保防护系统做得如何？可能在半夜溜进来吗？”

她的确已经问过这个问题。

爬上铁丝网之前，还在选手休息区的时候就已经问过了。

“当然，除了相关人员以外禁止进入，况且这一带绝不是治安良好的地区。只是反过来说，若是相关人员，就能轻易进入。”

球场毕竟不是放什么贵重展示品的设施，戒备实在称不上严密。

当然，要付钱才能进去的观众席出入口一定是门禁森严，但如果是“狂热粉丝”，或许也知道相关人员专用的出入口。

“嗯哼……既然如此，处于‘几乎当场死亡’状态的桃木两太郎先生，可能从球场外面偷偷溜进球场里吗？”

“可能……吧。”

只是，就算能偷溜进去，但如果有溜进去的体力，应该会去医院吧，除非是自杀。

“反正都要死，希望能死在投手丘上”的心态还能理解，但是“想死在投手丘上”的心态则完全不能理解。退一百步想，即使那是他的真心话，也没必要从哪里跳下来，在濒死的状态之下移动到投手丘。一开始死在投手丘上不就好了……

不过……这也有点困难了，要死在那种什么也没有的地方……跳楼当然不用说，也不能上吊，唯一的方法只有服毒吧，但考虑到要如何取得毒药，其实也不比其他手段简单。

这么一来，还不如采取更粗暴的方法，例如用刀子割腕或切腹自杀之类，但即使是不谙棒球的外行人，也会认为那种自杀手法万万不可吧。

让大量血液玷污神圣的投手丘，身为投手应该绝不会让这种事发生。

这样想来“从其他地方跳下来，再移动到投手丘”还蛮有可能的。想在投手丘断气，但要流血还是找别的地方的这份对棒球的敬爱之心。只是，比起这种倚赖精神性或高度意志力的假设，“有人从球场外将濒死的桃木两太郎搬进来”的可能性似乎还高些。

“他杀”……不，会是协助自杀吗？事先找好帮手，再找个地方跳楼，请对方将“几乎当场死亡”的自己搬到投手丘上。

虽说要不留下被搬运过的痕迹并不容易，要这样刚好没有“当场死亡”而只是“几乎当场死亡”也有难度，但是现阶段，还没有特别的理由可以排除这个假设。

硬要说的话……

“从球场周围的网子上掉下来的可能性似乎并不高呢，这些铁丝网看起来都没有任何异状。”

“说的也是。如果有必要，稍后再请鉴识人员检查一下，但大概不会有任何成果吧。”

当然，这不是刚盖好的球场，铁丝网不可能没有任何损伤。然而，也没有像桃木两太郎这么魁梧的大男人爬上去过的痕迹，所以，应该可以先排除这个可能性。

“通往外野看台区方向是垂直的高墙，实在爬不上去……观众席那一侧是进不去的，高度也完全不够，要是能爬到全垒打标竿的最上方，的确能确保足够的高度，但是如果有那么好的体能，根本不用考虑什么急流勇退，也不会晚节不保吧。嗯，是否应该到球场外面找寻其他的可能性呢？”

感觉今日子小姐不怎么失望，反而很满意能完全排除既有假设似的，继续朝选手休息区走去——大概是去球场外面吧。

从确认球场的安保防护系统（严格说来是再次确认）这点看来，今日子小姐大概也跟鬼庭警部想到同样的事——只是，考虑到立地条件，这种“从球场外将濒死的桃木两太郎搬进来”的假设也很难成立。

的确，球场内确实没有地方可让人自高处摔落，但也不能说球场外就会有这样的地方，因为球场旁也没有什么高楼大厦的建筑。

硬要说的话，周围只有宽广的停车场与宽广的公园。

简言之，就是一整片宽广的平地。

“……”

今日子小姐走出球场，似乎被这般风景给震慑住了。这在来球场时应该早就看到了，吃惊成这样会不会有些反应过度？但是鬼庭警部随即又想到。对了，她忘记了！

因此，她才会比鬼庭警部对“解决的关键可能在球场外”更充满强烈的期待吧。然而实际上，球场外跟球场内是五十步笑百步的平面世界。

地面材质当然不一样，但是也同样完全找不到有足够高度，可以纵身一跃的“跳台”。

虽然是没有屋顶的球场，也不用担心有人会从大楼的楼顶看免费棒球，球场、停车场、公园都是由同一家公司经营，走统一的设计风格，所以才会形成这样的风景。

“这样不是很好吗，为了预防附近有人跳楼自杀，真是无所不至。”

今日子小姐耸耸肩，像是想重新打起精神地说道，但也听得出来是在虚张声势，因为她这恰似赞许的发言之中，隐隐藏着棘刺。

“可是今日子小姐。只要走出球场区，再过一条马路，就能看见高楼大厦喽！原本平畴野阔的风景就会有高低起伏。”

虽然也没这必要，但鬼庭警部还是试图帮这一带的设计师说话。

“距离太远了。”今日子小姐摇摇头说，“假设要趁桃木两太郎先生处于濒死状态，‘几乎当场死亡’但还活着的时候搬到投手丘，当然，‘靠自己移动过去’也可以，这个范围再怎么广，应该也仅限于球场周边……要是这里能有栋大楼，一切就都解决了。”

硬是哪壶不开提哪壶的今日子小姐，仿佛想要找出根本不存在的大楼似的，她仍旧持续绕行球场外围。当然不会有人盖大楼的目的是为了让人跳楼，但是她这份仔细……该怎么说呢，比真正的刑警还要彻底。

光是可以看到同年代女性的这种工作态度，对鬼庭警部而言，今天已经是收获丰硕的一天，然而遗憾的是，看这样子调查可能仍然胶着，终究不了了之。

太阳逐渐西斜。

不管天气是阴是晴，都不用再担心晒黑的问题，但这也表示一天即将结束。

不，警方的调查当然还要继续进行，可是对于忘却侦探的委托，则随着今天的结束而不得不撤回——偶尔也会有这种情况。因为今日子小姐并非无所不能的侦探，并非去到哪里都能如入无人之境。

在一天内解决——这只不过是她的卖点，现实可没有这么简单，而且说真的，调查的主力还是警方。

不会全都靠侦探。

光是能从“几乎当场死亡”这句话的灰色地带，推测出“在濒死状态下移动、搬运”的假设，今日子小姐就已经充分完成协助调查的任务了。虽说可能性不高，但也算是为桃木两太郎充满谜团的摔死带来了一线光明。

就现场负责人的角度来看，在调查上可以说是有了十足的进展；身为一介警部，也从她的态度学到许多，只不过，也破坏了鬼庭警部对“名侦探”的一些幻想就是了。

不只是她工作的姿态，就连失态也一览无遗。

这也应该可说是一种学习吧。只是，一想到假如那时今日子小姐没有因为从铁丝网上失手坠落而失去记忆，现在搞不好已经找出真相了，不免还是有点不太甘心。

就算她是最快的侦探，一旦在办案的过程中“回到原点”，也不得不减速，而且在选手休息区为她讲解案情概要时，今日子小姐明明是有些什么想法的。

记得她好像自言自语了一句什么来着……

“光荣战死……”

“什么？”今日子小姐耳尖地捕捉到鬼庭警部的低喃，“你刚才说什么？鬼庭警部。”

“没、没什么。”

不是我说的，是你说的——鬼庭警部原本想好好说明，但又觉得只会让事情变得更复杂，所以就算了。

这下才是像在糊弄丧失记忆的人，鬼庭警部虽感心虚，还是决定说明得简略些。

“只是有点在意。我总觉得‘光荣战死’这句话，是本案的关键。”

毕竟不是自己的感受，也并非自己的想法，讲出来的话便显得相当暧昧，若是对人移情，感觉对方为自己的心情代言就算了，但现在自己居然要为一个根本无从感同身受的对象代言她的想法……

不过，勉强自己说出口之后，又觉得是多此一举，这议题已经与记忆重置后的今日子小姐再三讨论过了。“反正都要死，希望能死在投手丘上”这种“光荣战死”，不管是他自己的演出，还是别人制造出的假象。

尽管不曾直接提到这个词，但从刚才就一直都是在讨论这个议题。

因此，她这反应或许没什么意义。就算有意义，或许也只有像在记忆重置前后喊“鬼庭警部”时，重音有一点点不同的那种程度吧。

“光荣战死……光荣战死……光荣战死……”

可是，今日子小姐本人浑然不知那是自己想到的关键词，仿佛在进行精密分析般在口中重复了好几次。

“……”

“呃，那个……今日子小姐？”

“……”

“今日子小……”

“鬼庭警部，可以请你在这里等一下吗？我要去跑一跑。”

“啥？”

跑一跑？

话刚说完——真的是话刚说完，今日子小姐就当场冲出去了。

完全是田径选手的跑法。

这次完全任由裙子随风翻飞。

才开始想她到底打算干吗，转眼间今日子小姐已经跑得远远的了，从她的动线看来，似乎是在沿着球场跑。她要鬼庭警部在这里等一下，难道是打算就这样沿着球场外侧跑一圈吗？虽然这的确是条慢跑路线。难道是想找栋高耸建筑物想疯了，令她坐立难安？还是时限将至，令她如此焦虑？

想找高楼的话，只要去看一下立在附近的地图广告牌就好，大楼又不可能在她跑步时就盖好一栋，更何况，看她以那种速度跑，还真担心她会不会又跌倒。

说来讲什么“当运动选手全力冲刺撞向墙壁或许真的会死”的，是记忆重置以前的今日子小姐，还是记忆重置以后的今日子小姐啊……就在鬼庭警部想着些有的没的之时。

“鬼庭警部！”

背后传来非常有精神的声音。

太快了！

已经跑完一圈了吗？

“谢谢！多亏你给的提示，我推理出本案的真相了！”

她之所以气喘如牛，显然是因为刚绕着球场跑一圈，但是就算不计这一点，今日子小姐的情绪依旧十分亢奋。她双颊泛红笑容满面，激动地握住鬼庭警部的手。

“真的非常感谢你！给我这么美妙的提示，你真是最棒的警官！能与你共事，真的让我打从心底感到光荣！”

罪恶感真不是闹着玩的。

别说是糊弄丧失记忆的人，还抢走她的功劳——不只是把球场绕一圈，她根本是绕了好大一圈在自吹自擂。要向这样的今日子小姐阐明真相，实在很滑稽。

再说，今日子小姐应该会已经忘记所有“曾和她共事过”的警官才对，所以她的称赞其实听听就好，那就先把这件事搁一边。

推理出本案的真相？

真的吗？

“今、今日子小姐，此话当真？”

“我怎么敢骗你呀，鬼庭警部。”

希望她不要再这么谬赞自己了。

真的不想用这么狡猾的手段提升好感度。

“那、那么——你是说，你已经知道为什么会在投手丘上发现资深投手——桃木两太郎先生的坠落尸体了吗？”

这样再三确认令鬼庭警部深感惶恐，但一想到对方是忘却侦探，还是必须慎重以对，说不定是她记忆重置的时候误会什么了。

“没错，托你的福。”

感觉快被违背道德的感觉压死了。

对话已然是彼此代言的究极形态，为了不让她道谢个没完，鬼庭警部一心只想让她把话说下去，虽不知这个提示到底起了什么作用，但恐怕是极为错综复杂吧。为了不要因为自己的理解力太低而误解这起怪事件的真相，鬼庭警部坦白问她。

“那么，桃木两太郎先生是从哪里摔落地面的呢？”

这个案子的谜团终归就是集中在这一点上——就算不能说只要解开这个谜就解决一切，但至少可以抓到个线头。

鬼庭警部这么想，但今日子小姐却摇摇手指说道：“这个问题的问法不甚正确！一点也不像你。”

事到如今，鬼庭警部决定对她的谬赞充耳不闻。

“不甚正确？那要怎么问才是正确的？”

“不是‘从哪里摔落地面’，你应该要问‘是从哪里的地面摔落’才正确呀！”

“从、从哪里的——地面？”

“比如说——这里。”

今日子小姐说完，指着脚下。

她现在就站在人孔盖上。

9

比起落下的高度，落点的地面硬度才是问题所在，这句话不管是丧失记忆前的今日子小姐，还是丧失记忆后的今日子小姐都说过，不过，这个假设的立论也有误区。

桃木两太郎并不是从哪里摔落地面，而是从地面摔落。被她这么一说，这件案子别说是错综复杂，根本是一目了然，连盲点都没有。

毋宁说是显而易见。

周遭都是宽广的平面停车场和公园，没有什么遮蔽物的这一带，到处都可以看到地面人孔——看来今日子小姐刚才之所以跑那一圈，是在确认球场四周的人孔盖数量和位置。

想到的瞬间就采取行动。

不管是思考还是行动，都太快了。

到底有谁能跟得上这最快侦探的脚步呢，就算自己真是最棒的警官，也觉得力有未逮。

虽然电线杆的数量愈来愈少，但只要是有人居住活动的地方，无论何处都有地下水道，而人孔盖，就是通往地下水道的出入口。

显而易见，只是谁也没注意到。凡提到“坠落尸体”，一般人都会联想到是从高处落下，即使附近根本没有足以坠落的高处，也会这么想。

被人发现倒在投手丘上“几乎当场死亡”的桃木两太郎是在其他地方摔死的推理固然没错，但要找的地方并不是“高处”。

与其说是盲点，不如说是理论的漏洞。

洞。

这也太如字面含义了。

硬要说的话，“陈尸现场是投手丘，而且还是在棒球场上”所造成的印象也造成了干扰，球场上别说是洞，就连些微的凹陷都不被允许存在，整备得非常平整也只是当然。

平整到足以让人相信地面是绝对可靠的。

然而，只要排除这种先入为主的成见，真相一下子就浮出水面——事实真是简单到要称其为“真相”都会觉得有点可笑。

虽然这么说不太恰当，即使没委托今日子小姐，只要脚踏实地好好进行调查，迟早会水落石出吧。不过，她的速度真是够快。

警方内部当然也有像鬼庭警部的上司那样，对于委托民间的侦探感到不以为然的人，但今日子小姐受到重用的真正理由，除了她的本事及忘却能力之外，或许更是着重于她“最快”的这一点。鬼庭警部不由得这么想。委托今日子小姐，绝不只是想搭侦探便车，而是花钱买特快车的车票。绝对不会伤及警方的颜面，懂得掌握这种身为职业侦探该有的分寸拿捏，也是她受到重用的主因吧。

从这个角度来说，获得提示的仍旧是鬼庭警部。单凭今日子小姐指出人孔盖一事，就让她几乎洞悉一切了。

不需要解谜的场面，用不着名侦探的演说，也不需蓝图或图解。只要动员所有部下实施人海战术，彻底进行地毯式搜索、盘问来调查即可。

于是，当天晚上就有了成果。

作为“并非奠基于科学知识的自主训练”的一环，桃木两太郎一如往常地绕着球场慢跑——因为遗体身着慢跑用的运动服，这点可说是意料之中。

今日子小姐会突然开始沿着球场跑起来，除了确认人孔盖的位置以外，或许也具有回溯死者行为的用意。

然而，不只出乎于调查小组意料，甚至也出乎桃木两太郎意料的是球场周围的人孔盖被偷走了。

被“狂热粉丝”偷走了。

鬼庭警部实在不明白人孔盖有什么好偷的，但因为是球场私有地的人孔盖，上头有棒球队的标志，因此被球迷偷回去“珍藏”的事也时有所闻——若拿到网络上拍卖，听说还挺值钱的。似乎是非常“值得偷的东西”。

也可能只是因为金属的价值而失窃，这部分又是另当别论。总之因为盖子被偷，地面开了一个“洞”，桃木两太郎不慎掉进那个“洞”里。

意料之外的洞成了意料之外的陷阱。

当然，虽然“高度”不算太高，但是下头的落点却是水泥地——地面的硬度，再加上桃木两太郎自己的体重。三更半夜黑漆漆掉进暗处，根本来不及应变摆出受身姿势保护自己吧。

所以才会受到“几乎当场死亡”的创伤。

……是一件只能说是不幸意外的事，但也确实是一件或许会发生的事，只能说这件事既没有不可思议之处，也不是什么谜团。

事情之所以会变得如此复杂，都要怪球场警卫们。他们听到惨叫声后立刻赶来，发现濒死的桃木两太郎。

说是凑巧也是凑巧，但如果他们能及时发现人孔盖被偷的事，或许这个悲剧就不会发生了，这么一想，还是只能说很不巧。

只用手电筒照了一下，他们立刻就知道是谁掉进下水道里，而且性命垂危。毕竟是球场员工，警卫们立即认出那个人是桃木两太郎。

当然也想过马上叫救护车，然而拿来梯子下到洞里，看一眼就知道人已经没救了。

要说实际上是不是真的没救，现在已经无从查证了，但至少他们当时是这么以为的。

“可是——”

“不能让桃木两太郎这样死去。”

倒也不是真的认为投手应该死在投手丘上，但是“在夜间慢跑时由于没注意到地上有个人孔没加盖，掉进暗无天日的下水道摔伤致死”这种怎么看都会沦为笑柄的死因，让他们几乎是义务性地认为“绝不能让伟大的投手死于这种理由”。

不难想像媒体会怎么报道这种有如综艺节目或搞笑漫画里头才会出现的死状，社会大众会做出什么有口无心的评价。

从这个角度来说，也不是完全不能体会警卫们的心情。

之所以无论如何都无法坦然接受“桃木两太郎投手爬上本垒后方铁丝网后掉下来摔死”的假设，与其说是认为他没有这么做的理由，更是因为这种死法滑稽到莫名其妙的地步——就像记忆重置后的今日子小姐死都不承认自己做了那种蠢事一样，这也是同样的道理。所以纵使他真的是从网子上摔下来，一般人也会认为绝对是有人把他推下来的。

更别提“被投手板绊倒摔死”的可能性。

即使完全算不上球迷的鬼庭警部，听到“资深选手掉进下水道里死亡”这种“摔死”，也都会下意识地认为其中必有误会。

因此，发现的人，试图导正这个错误。

比起“反正都要死，希望死在投手丘上”，这个动机显然明确多了。他们无论如何都想回避“横竖都是死，竟然死在下水道里”的结果。

并不是要让他“光荣战死”。

而是为了矫正“不光荣的枉死”。

要反过来想，并非摔落在地面，而是从地面摔落。并非以“光荣”为准，而是应该以“不光荣”作为判断标准。

但是能成为强烈的动机吧。

比起做正确的事，人们更会想去矫正不正确的事。

为了导正错误，将“几乎当场死亡”但仍处于濒死状态的桃木两太郎搬到球场，安置在投手丘上，对球场警卫们而言，应该并非难事。

虽然由于他们将桃木两太郎的身体搬上投手丘，造成了一具“不知是从哪里跳下的坠落尸体”，但这并不是“推理小说迷基于个人的兴趣，为了完成不可能的犯罪，刻意布置出不可能状态”。警卫们才没考虑什么可能不可能，只是一心想把投手安置在最适合他的位置上。

硬要说的话，不是推理小说迷走火入魔故布疑阵，而是“棒球迷爱得太深做得太过分”。当然，两者都不值得称赞，一想到“当时马上叫救护车说不定还有救”的可能性，警卫们显然脱不了责任。

说不定是临死之际的桃木两太郎自己，在意识蒙眬的状态下，对发现他的警卫们提出这种“要求”——如此推理也是成立的。只是警卫们却亲口否认了这个可能性，他们承认发现他的时候，他已经没有反应了。

警卫们还特地从不显眼的地方把人孔盖搬过来作为掩饰，所以他们对自己做的事是有自觉的，是自动自发的。

“的确是自作主张，不知吃错了什么药。”

“一时鬼迷心窍，被现场气氛给迷惑了。”

“我也不知道自己为什么会这么做。”

他们异口同声地这么反省，既不说谎，也不打马虎眼。

“可是当时我们都觉得这么做是对的。”他们也都异口同声地这么说。

……结果还是自我投射吧，“不能让他那样死”其实也是“自己不想那样死”的心情写照。

极端地说，对方是否为伟大的投手也毫无关系——不，或许正因为是伟大的投手，才更会把自己的内心清晰地投射上去。

对于被擅自当作投射对象的桃木两太郎来说，可能只觉得非常困扰，搞不好本人根本觉得要死的话死在哪里都一样。只是，在投手丘上，在忠实球迷的围绕下咽下最后一口气的他，其实是很幸福的也说不定。

这也是自我投射吧。

像是在代言死者的心情，其实只是在表达自己的想法。只不过是把“自己死的时候，希望能在亲朋好友的围绕下死去”的心情，硬是套在对方身上。

从桃木两太郎的死法和死状能看出什么、有什么想法、赋予什么意义，除了对于看的人、想的人以外，没有任何意义。

若是有人去嘲笑掉进人孔里死掉的他，就表示这人是个死也不愿被人嘲笑的人。若是有人去称颂死在投手丘上的他，就表示这人是个死都想要被人称颂的人。死亡，不过就是死亡。

想象那样，不想象那样。说穿了，全都是自己在想。

可是，对于桃木两太郎的摔死，今日子小姐究竟是怎么想的呢？

对于这点，她什么也没说。

什么也没表示。

或许是因为没问她吧。要是问她，她肯定会陈述一些见解的。然而，已经太迟了。

在那之后太阳下山，一夜过去。

忘却侦探早已忘了这件事。

不仅如此，当时她也只是指了指自己脚下的人孔盖，暗示桃木两太郎可能是从地面掉进下水道的推测，然后似乎就认为委托她的工作——今天的任务已经达成，于是便头也不回地离开了球场。

的确，接下来是警方的工作。

只不过在那时候，明明还不能确定摔死的投手是靠自己的力量爬到投手丘上的，还是被谁搬过去的？如果有人搬过去，又是被谁搬过去的？人孔盖为什么会凭空消失？是被偷走，还是正在施工？还有更重要的大前提“掉进人孔里”这个推测到底是不是正确的？

在什么都还不确定的情况下，她就收工了。

完全没有“想知道真相”或“想解开谜团”这种像个侦探就会有的反应，感觉就是几乎不带任何私人情绪。

管他光荣不光荣，就只是执行任务的那种态度，看起来的确很干脆，但是对于原本还因为“同样身为女性”而深感好奇的鬼庭警部而言，却也有着足以戳破其幻想的虚无。

对于会把一切都忘记的那个人而言，或许根本没有可以代入感情的对象，也没有自我投射的对象，因为没有“我”，所以什么都没有。

所谓遗忘，绝不是无法积累而已，不只无法触碰到未来，若以像地面一样理应是绝对的“现在”作为基准，她也只能一直被抛在后面。等于是朝着永无止境的地狱深渊，朝着深不见底的无底黑洞，不停地往下掉。有如朝着不知终点在何处的方向持续飞行，死得其所什么的，是她永远无法到达的彼岸。

正因为如此，她才能够丝毫不带自己的情绪，彻底回溯他人的体验。鬼庭警部也曾经以为，忘却侦探的“忘却”这个称号是用来表现保护机密、绝不泄密的优点，但或许并非如此，可能也有不让任何人看穿自己、忘记被看穿的自己，进而能够屏除一切成见进行推理的优点。

只不过这样的话，她到底活在哪里呢？把自己投射在别人身上，却无法在别人身上看到任何东西——那，今日子小姐不就等于是不存在的吗？

第三话 勒毙

1

两件事让山野边警部怒不可遏。

一件是目前正在侦办的案件着实令人惆怅，另一件则是必须与来历不明的侦探一起侦办如此令人惆怅的案子，着实深感委屈悲愤。

总之是怒火中烧。

又得跟那个忘却侦探共事，真是气死人。

在所属的辖区内，山野边警部算是很罕见的反忘却侦探派——严格说来，辖区内反忘却侦探的，只有山野边警部一个人，根本无法形成派阀。

大家都理所当然地欣然接受那名白发侦探的建议，仿佛对于一般市民一而再再而三地介入他们的职权范围，丝毫不以为然的样子。

他们不知道这是一件多么诡异的事吗？不管高层再怎么偏爱她，再怎么对她青睐有加，也不能让私家侦探理所当然地参与案件调查，探案又不是在拍推理连续剧。

当然，在之前几次的共同调查中，山野边警部也曾亲眼看见忘却侦探的本事，明白她真的非常优秀，实际上也都取得了相当好的成果。不可否认，托她这位“最快的侦探”之福，迅速侦破的案件确实多不胜数。

然而，这也应该告一段落了，还是得把办案交给专业人员。虽然我说这些，实在活像是推理连续剧中那种一味守旧、死脑筋的警部，但在现实中，明明这样才是对的。

若要说事实比小说还离奇，那就更应该严守纪律才是。

因此，这次听到上司又跑去委托置手纸侦探事务所之时，山野边警部固然也曾极力反对，可惜抗议无效，只得到“这件事已经拍板定案，今日子小姐也已经前往现场，赶快去与她会合”的回应。

实质上这就是命令，以山野边警部的立场只能遵照办理。不知道为什么——大概是她们年纪相仿又同为女性吧——搞不清楚状况的上司似乎误以为山野边警部与忘却侦探是天造地设的好搭档，动不动就想把她们组在一起。

是把我当作忘却侦探负责人啊。

虽然满腹牢骚，但山野边警部也只能前往案发现场。她是很容易生气的人没错，但也不会让个人的情绪凌驾于职业道德之上。再怎么讨厌忘却侦探，也会压下自己的情绪来面对工作。

案发现场是某家综合医院的一个病房。

“……”

“呼……呼……呼……”

白发的侦探就睡在床上。

眼镜放在一旁，睡得极为香甜的模样。

针织衬衫搭格子裤裙，脚上套着白色的膝上袜，以这身装扮躺在医院病床上也太新潮了，她那样子不只是处变不惊，甚至令人有些毛骨悚然。至少完全没有“睡美人”的感觉，实在目中无人。

唉……深深叹了一口气之后，山野边警部大喝一声。

“今日子小姐！”

这一声响彻在并不怎么宽敞的病房，让今日子小姐慢慢睁开双眼。

“……”

好容易就醒来了。

然后她拿起眼镜，望向双手叉腰站在门口的山野边警部，慢条斯理地坐起身来这么说。

“初次见面。你是谁？我为什么会在这里……”

2

忘却侦探，掟上今日子。

一旦睡着，她的记忆便会重置。

无论那一天是怎么度过的，只要一觉醒来，就会把那天发生的事全部忘记。

这个人就是善用这种“健忘”来经营她的侦探事业。无论打探到什么机密，无论知晓了什么隐私，只要到了第二天就会全部都忘记的这个特性，让她比任何同业都能更确实地遵守保密义务，也算是上天赋予她的优势。

作为公家机关的警察厅，之所以能肆无忌惮地重用忘却侦探，原因也在这里。

案情的内容、取得的证据、揭发的真相，就连一起工作过的伙伴，她都会忘得一干二净。

即使当着与自己共事过不只一两次的山野边警部的面，她也能满不在乎地说出“初次见面”这种话，这也更让山野边警部的气不打一处来。

明明和我一起调查过好几起那样重大的案件，居然也能忘记，真是莫名其妙，竟然有这种事啊！真是太荒谬了。

当然，理智上也明白对这种事生气才是荒谬，但是面对每次见面都要重复一次“初次见面”的忘却侦探着实令山野边警部感到心浮气躁，这也是不争的事实。

话说回来，她为什么睡在这里。

睡在案发现场——虽然说有床可以睡。

“我是掟上今日子，二十五岁，置手纸侦探事务所所长。每天的记忆都会重置。”

今日子小姐挽起袖子，念出自己写在左手臂上的文字。对山野边警部而言，这也是如今早已习以为常的事情了，这是掟上今日子的备忘录。

紧接着，她单脚跪在病床上，拉下白色膝上袜——虽说大家都是女人，但是看到如此大胆的行为，真不知是该脸红心跳，还是该替她感到害羞。

大腿上也有她自己写的字，于是她又念出那行字。

“现正工作中，搭档是山野边警部。”

今日子小姐念完这行字，转身面向山野边警部说了声“失礼了”之后，低头示意。

“我是忘却侦探掟上今日子。山野边警部，这次承蒙您的惠顾，感激不尽，还请多多指教。”

“……噢。”

山野边警部没劲地回应。这么“失礼”的事还真不是经常有机会遇到。没想到这次打从一开始，就能见识到忘却侦探的忘却本领。

既然都写了“现正工作中”，就不要想睡就睡啊！

而且惠顾她的人也不是山野边警部，而是山野边警部的上司。跟她的这种客套寒暄也已经不晓得重复过几遍了，一想到等到明天，她就会把这些对话全部忘光，就觉得很空虚。

但也懒得与她搞得唇枪舌剑了。

“所以呢，山野边警部。这次需要我帮忙的是什么样的案子呢？照我看来，这里好像是医院的单人病房……”

“这个嘛……”

该怎么办呢。

上司应该曾经告诉过她案情概要，然而今日子小姐似乎已经忘得一干二净。山野边警部稍微想了一下。

脑中闪过了“就这样顺势哄哄她，随便让她找个小东西打发她回去”的坏心眼。只是具有高度职业道德的山野边警部，实在说不出这样的谎言。

“你那张床，”仿佛是把笑容可掬的忘却侦探作为负面教材，山野边警部绷紧表情，压下对于眼前案件的愤怒，冷冷地说，“病人在你躺的那张床上被勒死了。”

3

“死者是霜叶总藏先生，九十二岁，长期住在这间单人病房。事情发生在一周前的晚上，护士因护士铃响赶过来看的时候，他已经去世了。”

“这样啊。既然人在医院，想必不是因为来不及急救吧。真可怜。”

今日子小姐双手合十，但似乎完全没有要从发生这起“真可怜”的事故现场——病床上下来的意思。

对于在约好的地点，而且还是案发现场大模大样呼呼大睡的忘却侦探，山野边警部的怒气指数虽是节节高升，不过仔细想想，像这样躺在病床上，应该是她的拿手好戏，亦即回溯案件关系人的行动吧。

站在死者、目击者的立场，重现案情。

所以刚才应该是在比照可能是在睡梦中遭到袭击的霜叶总藏，躺在同一张病床上。侦探绝没有忘记自己“现正工作中”。

如此奋不顾身的结果，是忘了案情概要，害山野边警部必须多费一道解说的工夫……算了，就当是个好机会，重新审视已经陷入胶着的调查吧。

“嗯哼。”

今日子小姐再度把坐起的上半身躺回床铺，或许是她体重太轻，床垫几乎没有下陷。

“请继续。”

“……”

真是太目中无人了……

根据山野边警部的经验，重现死亡时的状况，不见得一定能发现死者发生了什么事，但是忘却侦探这些不合常理的举动，有时候的确是破案关键，因此，决心向保持仰躺姿势的今日子小姐继续做说明。

“据分析，凶器应该是细绳之类的东西，但是并未在案发现场寻获，恐怕是被凶手带走了。再加上案发时间是深夜，现阶段还没有取得任何目击证词。不瞒你说，也没有任何破案的头绪。”

“原来如此。也因此，我才有幸能接到这个委托。”

嘴里说是她的荣幸，但今日子小姐依旧躺在病床上。山野边警部心里涌起一股想掐死她的冲动。

开玩笑的。

“可是，护士铃响，护士马上赶到，但凶手却已离开这间病房，动作真的很快呢！身为最快的侦探，不由得燃起一股与凶手对抗的热情。”

最快的侦探自信满满地说道。明明直到刚才，直到山野边警部告诉她之前，她根本忘了自己是最快的侦探。

“既然是因为护士铃响才赶来，想必留下了正确的时间记录吧？案发时间是深夜几点几分呢？”

“深夜的两点十二分。”

山野边警部没有忘却属性，所以这点小事不用看笔记也能回答。护士铃响是在两点十二分，值夜班的护士听见，赶至病房时，则是两点十五分。

为了把霜叶总藏从鬼门关拉回来的紧急手术也徒劳无功，终究于两点半宣告死亡，然后在三点前报警处理。

“……”

今日子小姐听完这些，闭上双眼，看起来虽然是一副困乏的样子，但似乎只是陷入了沉思。

发现自己和忘却侦探已经熟到从她细微的表情变化就能察觉到这一点，感觉真不爽，更何况对方还不记得这些。

“……有什么可疑的地方吗？”

“抱歉，我觉得报警的时间似乎慢了半拍，如果人是被勒死，应该看一眼就知道了，要是能在发现之后马上报警，就不会让凶手跑掉。我是这么想的。”

“那是因为——如同今日子小姐刚才所说，这里是医院，自然是以治疗为优先，所以才会延误通报。”

“又或者凶手是医院的相关人员，为了包庇那个人而集体进行灭证。”

上来言辞就如此犀利吗……

而且还一副若无其事的样子。

当然，“调查时不排除任何可能性”是侦办案件的准则，既然是在病房内发现住院患者惨遭勒毙的尸体，更不能忽略凶手就在医院里的可能性，但通常也不会是上来就先提出的推理吧……

不过，恐怕上司也曾和她这么说过——

“因为也有夜班值勤状态的记录，医生及护士们在案发时的不在场证明，基本上都是成立的。”

山野边警部补充。

“当然也不能排除有人制造不在场证明的可能性，然而，今时今日的医院为了避免发生意外时被怀疑是医疗过失或管理疏失，都会留下相当客观的记录。”

“嗯。原来如此……那么，还有其他被视为可能是嫌疑人的人吗？例如死者的家属。”

她讲到“家属”两字听来哀戚，语句间则充满了怀疑的气息。这样彻底就事论事，也是山野边警部所熟悉的忘却侦探风格。

不管是家属还是情人，她完全不去考虑这种情感上的要素。山野边警部虽然经常提醒自己要把专业意识放在情感前面，但是却也认为今日子小姐原本就没有感情吧。

可能是把“感受些什么”这件事都给忘了。也或许是反正都会忘记，干脆什么都不去感受……

可是这在调查时倒是很合理的，也是我个人想达成的目标，所以我才会对忘却侦探感到如此焦躁吧。

并不是因为她是一般市民，也不是因为她是侦探的关系。是情感与理性之间的平衡感，因为那种绝妙的平衡感令人捏着一把冷汗，焦躁不已。

“既没有称得上是证据的证据，也没有目击者，如果监视器也没有拍到关键性画面，那么就只能从动机来找出凶手……”山野边警部说道，“当然，死者一死，家属自然可以继承到一笔可观的遗产……好像也有些亲朋好友跟他处得不太好……”

“嗯？怎么了？听你说的支支吾吾，看来金钱和人际关系可是会成为本案牢不可破的杀人动机吧！”

杀人动机有什么“牢不可破”的，但今日子小姐说的确实没错，身为负责侦办过许多命案的刑警，山野边警部也非常同意这想法。

问题是……

“不过今日子小姐，你忘了吗？死者可是九十二岁的老人。因为浑身是病才长期住院，一直处于卧床不起的状态。一个根本无法自己独力下床的老人……”

“有必要特地杀了他吗？”今日子小姐斩钉截铁地说出山野边警部难以启齿的话，“没必要特地冒险，杀死一个原本就不久于人世的人，是吗？”

“……呃，嗯，就是这么回事。”

主治医师供称已经告诉过霜叶总藏他的时日无多，何时魂归西天都不奇怪。还说他最近意识不清的时间甚至比较多。谁会去勒死这种老人？

如果是为了遗产，根本什么都不必做，只要等待就好。就算是有什么仇恨，不惜杀死全身插满点滴的人也要报的仇，究竟是什么深仇大恨？

“不能这样一口断定吧？或许是陷入急需用钱的窘况，也或许是凶手恨死者恨到不愿让他寿终正寝，非得亲手杀死这家伙才能泄愤。”

“……话是这样说，不过家属里似乎没人有这么急迫的烦恼。我也不认为死者有遭人怨恨到这个地步。”

要说的话，就是很普通。

活了九十年，没有人际关系上的纠纷或争执才奇怪，但是用九十年这么漫长的岁月来计量，那些似乎又显得微不足道了。

对于还不满三十岁的山野边警部而言，那是可望而不可即的境界，但在此时，今日子小姐已经不屈不挠地提出下一个假设。

所谓“爱唱反调”就是这么一回事。

“如此一来，接着可以想到要杀死老人的理由，无非是照护疲乏了。或者……别说有遗产可以继承，根本是已经不堪负荷日积月累的住院费用、手术费用，于是在逼不得已、走投无路的情况之下，犯下罪行。”

她对于家属的疑虑也太深了。

怀疑到这个地步，已经不能说是不带个人情绪的冷静无私，也不是公平公正的推理，反而会让人以为今日子小姐是否原本就对“家人”这种概念有什么负面的偏见。

说到这个，倒是不曾听过关于忘却侦探家人的流言。她是否连家人也忘了呢？

“抱歉没先说在前面……死者霜叶总藏先生是位资产家，应该是请专业看护来照顾他，因此不会有照护疲乏，或经济上的问题。”

“是有钱人啊，好好喔！”

今日子小姐喃喃自语，看似真的很羡慕。

她的贪财也很有名。

“对了，死者霜叶总藏先生是做哪一行的？”

“公务员……后来踏上政治之路，从议员的职位退下来后，转行成为企业家。住院以后，听说还做了一阵子股票。”

“人活得愈久，头衔也会变来变去呢。像我这种人，因为只有今天，除了侦探以外再也没有其他头衔了。”

说完，今日子小姐“嗯——”地哼了一声，翻了个身。

从仰躺换成俯卧的姿势。

看上去只像是在伸懒腰。

“要是遗产金额过于庞大，或许也有人会因为手头不宽裕以外的原因犯案吧。例如想在遗产税提高之前先继承财产之类的。”

“不会，因为死者与家属的关系还不错，家属似乎也很频繁地来探望他。而且遗产税早就涨了。”

向今日子小姐报告了可能是被她遗忘的最新税制，只见她频频点头。

“嗯嗯嗯。那么生前赠予还比较划算呢！”

今日子小姐对税制的理解比对案情的理解还快。

“可是山野边警部，如果说死者与家属的关系还不错，就又产生出别的可能性了。亦即家属不忍心见死者继续受病魔折磨，基于想让他解脱的心理，提前送他一程——既然迟早都是死路一条，不如自己亲手给他一个痛快——如此的心理，应该就是这起命案的动机。”

“……”

既然是号称最快的侦探，应该更早一点提出这种再合理不过的可能性，不过网罗推理就是这样，最好还是不要太计较。反正人们对于性善说的支持率，还没有高到有不成文规定强迫侦探必须先考虑出自善意的动机，如果要对忘却侦探的言行举动吹毛求疵，这样就会耗掉一整天了。

“虽说没有明确状况可以否定这个可能性……但问题是绞杀。无论用什么凶器都可以，偏偏要用勒毙，这实在称不上是‘想让对方解脱’的杀人手法，相差太远了。”

“说的也是呢。”

今日子小姐趴着说。

那个姿势怎么看都只是在享受床垫的软绵。

“提到安乐死，用药物让对方一睡不起才是基本中的基本，就算再怎么样，也不该‘勒死’对方吧。话说回来，关于安乐死的法律，目前是什么状况？”

因为遗产税法有了变化，所以她才会这么问吧。

山野边警部对这方面也不熟，日本应该好像还是禁止的。

“即使在国外，要是没有专业医生协助，仍旧不能施行安乐死才是。不管是使用药物，还是利用仪器。”

“哦，还有安乐死专用的仪器啊。科学的进步还真是伟大呢！”

今日子小姐在奇怪的点上表露佩服。

“说起来，被柔道招式勒住脖子、摺倒在地时，听说会挺舒服的呢。山野边警部，你觉得如何？”

哪有什么如何不如何。

身为警官，剑道及柔道的确是必修科目，只可惜山野边警部是剑道派而不是柔道派。

是有这种说法……但是对九十二岁的老人施展柔道招数，根本只是虐待吧。完全感受不到这么做的动机是为了老人好，而且，虽然还不知道是什么，但至少可以确定必然是使用了某种凶器。

可以确定并非是由柔道家徒手犯案。

“不过，严格说来，还是留下了柔道家使用某种凶器的可能性呢。”

今日子小姐锱铢必较。

从头到脚都跟自己合不来。

“或许凶手一厢情愿地认为与其继续看老人病榻缠绵，把他勒死还比较不痛苦。可能是家属，也可能是朋友。”

“不管是谁，都太令人惆怅了。”

山野边警部说道。

糟了，不小心脱口而出自己内心的真实感受。

当着忘却侦探的面，不小心讲出自己内心深处的真实感受，令山野边警部既后悔又郁闷。“反正到了明天就会忘记”总归是她自己的问题，但不小心让看不顺眼的对象听到自己真心话的这个事实，将会一直留在山野边警部今后的回忆里。

“惆怅？为何会惆怅？”

该说是——果不其然吗？

今日子小姐并未忽略山野边警部这句一时大意的发言。这个女侦探绝不会错过任何一句令她感到不自然的话。纵使那是再轻微的不自然，或是与案子毫无关系的话，都逃不过她的法耳，都会被她当成推理的材料。

而且还会明知故问地反问“你刚才说什么”之类的。

无论是别人的真情，还是真心，甚至连别人敏感的心情，也照样视为一条线索收为己有的这种贪婪，换个角度来看，或许很值得学习。山野边警部也曾经这么想过，但是办不到。

或许是由于没有记忆，才让今日子小姐有这样的空间吧。

虽然在心中暗讽，但是话已经都说出口了，山野边警部也只能回答。

“因为，无论老人之死的背后有什么动机——”

毕竟表面上是今日子小姐的搭档，不能冷处理她的提问，而且她雪白的大腿上还写着“搭档是山野边警部”。

“活了九十二岁的人，居然这样就被勒死了——竟然得以这种方式告别人生，实在太令人惆怅了。”

他曾经是个什么样的小孩？是个什么样的公务员？是个什么样的政治家？是个什么样的企业家呢？是个什么样的哥哥？是什么样的弟弟？什么样的丈夫？什么样的父亲？什么样的祖父？什么样的曾祖父呢？

只是侦办案件，恐怕无从得知。

而且，也轮不到还是后生小辈的山野边警部来评价他的人生。

只不过从各种情报看来，霜叶总藏都不该是必须要这样死去的人。

不，无论他是什么样的人。

竟然勒死一名即将寿满天年，超过九十岁的老人，就好比见到幼童成为被害人，无法不让人不感到凄惨。

这件事毫无道理，天理难容。

必须全力以赴，为了不让此般惆怅影响侦办，更要全力以赴才行。

“是喔。”

听完别人的真心话，今日子小姐的回答却很散漫，甚至感觉完全没反应。就像是被弹力枕吸收了所有力道。

“可是这样说的话，山野边警部。不让人感到凄惨的死，又是要怎么死才好呢？”

“咦……这个嘛，当然是寿终正寝……没有痛苦地死去。”

虽然还不至于语无伦次，但是山野边警部在这么说的同时，心里也有点疑问。

虽说是寿终正寝，但人一旦上了年纪，身体难免会生病，活得越久，生病的风险就越高。任何人都无法在没有任何痛苦的情况下，没有任何病痛地死去。好，这就当大家条件相同。那么，若说是在家人及朋友的围绕下，手牵着手，在众人的惋惜声中前往另一个世界就是幸福的死法。听起来的确是很幸福，但也觉得这只是让身边的人感到幸福而已。站在本人的角度，能够在家人及朋友的围绕下，手牵着手，健健康康活下去，肯定比较幸福。

一旦非死不可，无论是什么样的状况，无论是活到几岁，就算幼儿也一样，都是无可救药的凄惨。即使有“幸福的人生”，也不可能有“幸福的死”。

即便如此，也不能正当化“勒死九十二岁老人”这种行为。

倘若凶手认为反正老人就快死了，杀死他也不算是重罪才下此毒手，那绝对不可原谅。山野边警部对这点很坚持。

要是还以为老人身体虚弱，“杀起来很容易”的话——

“事实上，杀起来的确是很容易啊！”

今日子小姐说得直接。

“听你的描述，老人几乎没有做任何抵抗，就被杀了。”

“……是的。室内几乎没有打斗的痕迹，老人似乎也无力抓伤或抱住对方。”

山野边警部说着，伸出自己的指甲，意指未能从霜叶总藏的指甲采集到凶手的皮肤或毛发。长时间卧病在床，肌耐力衰退，也难怪几乎没有握力。今日子小姐理解其言下之意，点了点头。

然后又在床上转了半圈。

“那么，光是要摁护士铃也很吃力吧？要是能早点摁下护士铃，或许就能得救了。”

今日子小姐伸出手去，拿起护士铃的按钮，放在掌心里把玩。

“也许是凶手摁下的护士铃。”

“……今日子小姐，你为什么这么推理？”

“只是清查所有可能性的一环罢了。不过，与其说是清查，不如说是将可能性一一推翻吧。”

“一一推翻？”

“唯一可以确定的，只有‘护士铃在凌晨两点十二分响起’而已，但是摁下护士铃的，不见得是死者，毕竟也没有人目击到护士铃被摁下的那一幕。”

这种像是鸡蛋里挑骨头般的清查，的确是有一一推翻的感觉——嗯，这也是一种方法。

然而，凶手摁下护士铃的意义以及必然性又何在？这么做，只会让值夜班的护士立刻赶来，增加自己逃走的难度吧。

“或许是故意让医生及护士都聚集过来，企图制造更容易逃走的状况。像是混在大批赶到的医院相关人员里逃之夭夭——”

“……也就是说，凶手穿上白袍，假扮成医院的人？所以才会都没人看到凶手？”

“不见得是假扮，如果凶手真的是医生或护士，想必更好借此鱼目混珠吧。即使是名字不在值班表上的人，出现在医院里也没什么好奇怪的。”

不只家属，她似乎也打算将医护人员全给怀疑一遍。照这进度，接着可能要开始怀疑负责照护的看护了。

当然，这是正确的。

虽然正确……

“今日子小姐，你这些推理是认真的吗？”

“全部是认真的。不过，我也认为不太实际。以推理小说的诡计来说，成立是能成立，但是考虑到人手不足的问题，医院员工不见得会因为护士铃响就‘大批’赶来。”

她说得很保守。事实上，赶来的人数的确与“大批”扯不上边，当时对护士铃响做出反应的只有一个人，顶多两个人吧。

实在不是可以趁乱混入的人数。

若是身穿白袍，更会显得格格不入。

就好像山野边警部在职场格格不入的程度。

“更重要的是，比起这么做，不要惊动任何人，静静地就这么离开，应该还比较容易逃脱。”

“……”

推理小说的诡计吗？

说的也是，如果可以不要用上诡计，当然是不要用比较好。

“那么，还是把护士铃当成是‘遭到袭击的霜叶总藏自己摁下去的’比较好吧？”

“是的。”

还以为她难得老实同意了，今日子小姐却又老实加了句“只不过”。

“只不过，也不见得是在遭到袭击时摁下去的。”

“……什么意思？”

还是老样子，又要来一一推翻吗？

“可能是因为病情恶化导致身体疼痛，或者是不小心弄倒点滴之类的理由，霜叶总藏先生只是单纯因为‘有需要’而摁下了护士铃。假设他在两点十二分摁下护士铃，然后就在护士于两点十五分赶到的三分钟以内，被某个人勒死了。”

“不是为了呼救才摁护士铃，呃，可是这么一来，案发时间不就会有所变动了吗？”

原本皆以护士铃作为案发时间的标准，如今却要分开来思考——她讲的是有一定的道理。当然，原本以为是在两点十二分以前动的手，就会变成是在那之后了。

然而，总觉得这只是些微的差异。

山野边警部并不认为这个着眼点带来的影响大到足以改变不在场证明的成立与否，不管是在两点十二分的一分钟前犯案，还是一分钟后犯案，其实都差不多吧？

毋宁说若案子是发生在护士铃响之后，医院相关人员的不在场证明才更牢不可破吧，不过，还是应该要求证一下。

或许也有因为一两分钟的差异，结果天差地别的案例。

“好了，再继续扮演卧床侦探也改变不了什么，差不多该开始展开实际调查了。山野边警部，先从调查不在场证明着手吧！”

将护士铃的按钮放回原位，今日子小姐似乎终于打算下床了。

如果是住院患者就算了，只是躺在病床上的侦探，通常应该不会称之为卧床侦探。算了，就算是卧床侦探，也比忘却侦探好多了。

“嘿咻！”

今日子小姐抓住防止跌落用的床边护栏，打算坐起来。就在此时，她冷不防失去平衡。

“哦，哦，哦？”

呜咿咿咿咿——

伴随着机械的声响，床开始动了起来——除了包括床边护栏在内的床架以外，床垫开始上升。

正要撑起身子的今日子小姐被动起来的床搞得手足无措，想尽办法拼命保持平衡，但以她的姿势似乎有些勉强，搞得整个人前滚翻似的翻转了一百八十度。

与此同时，床垫还在继续变形。今日子小姐当场像只猫咪缩成一团，妄想逃过一劫，结果仍旧无计可施，只得任由病床摆布。

“这、这、这玩意在搞什么？床怎么会突然动起来？”

“……因为你碰到开关了啦！”

看到忘却侦探那副狼狈的样子，光是要忍住不笑就很吃力了，山野边警部收紧下巴，勉强维持住表面上的平静，一边回答，一边摁下挂在床边护栏钩子上的操纵面板按钮。

床垫总算停止动作。

“这张床居然有这么不好用的机关……是用来锻炼腹肌的装置吗？”

“这是护理用的智能床，具有协助起身、上下床的功能。不仅可以像这样弯折，还有整张床垫震动，用以防止褥疮的机能——”

“是哦……还真是先进啊！”

今日子小姐拍打着升起的床垫，仿佛是在探索内部结构。先进？太夸张了。现在只要是稍微有一点规模的医院，附有这种功能的智能床几乎已经是标准配备了——不过她只是忘记了吧，忘了技术的进步、忘了科技的变化、忘了各个时代的“标准配备”。

不只会忘记案件的内容，流行趋势及风潮，也是忘却的对象。

“……要弄回去喽。”

不由得觉得有些尴尬，山野边警部静静操作着面板——折曲的床垫，又自动恢复成原本平整的模样。

“原来如此，原来是这种构造啊，真有意思。”

今日子小姐说着，用手肘膝盖撑在床上，在有限的空间里到处又摸又瞧。她的兴趣已经完全从案件转移到床上去了。

“呃，今日子小姐……我想我们就先去护士站问话，可以吗？”

“啊，可以。让你见笑了，真不好意思。”

今日子小姐向她道歉。

愈来愈尴尬了。

明明没有半点这样的意思，山野边警部却感觉自己好像在恶意嘲笑跟不上时代潮流的人。今日子小姐又不是自愿跟不上时代潮流的。

“……关于刚才那件事。”

尴尬让山野边警部松了口，吐露出——被专业意识压抑的情感。她想更诚实地好好地回答这个问题。

“刚才的哪件事？”

“就是——‘怎么死是好死’那件事。一旦死了，无论是怎么死，或许都无可讳言是一件惨事，既然如此，我希望自己死去时，至少能够不让身边的人伤心。”

横竖要死，希望能死得轻松一点，希望能死得痛苦少一点，可是，终究还是希望能在家人及朋友的围绕下，手牵着手，在众人的惋惜声中咽下最后一口气。希望留下来的人感到的痛苦和悲伤，能够更少一点。

至少在临终前，希望别人能幸福。就算其实并不幸福，死就仅仅是死。但若是能让大家觉得我死得很幸福，就应该是人生最好的总结了。

“你刚才说什么？”

“咦？”

咦？

居然在这时候冒出这句话？就算是故意的，也太故意了。

“你刚才说了什么？山野边警部。”

“我、我什么也没说……”

以为自己说了一句好话。

只是由衷说出现在回想起来觉得实在好害羞的真心话。

“人生的总结，总结，山野边警部，你是这样说的对吧？”

“嗯……没错，我是这样说的。”

难道是“结”让她联想到“绞杀”，所以想批评山野边警部说话不经大脑吗？感觉像是被找碴，但是真要被这么计较，也确实无从反驳。

为了消除尴尬而吐露的真心话，没想到反而更让人尴尬了，还真是让山野边警部深感厌烦。

“NICE PASS！”

今日子小姐说道，还秀出手心。似乎是要与山野边警部击掌，真是有点莫名其妙。

莫名其妙归莫名其妙，但也只能乖乖照做。

“啪滋”，从击掌声便可知两人显然没默契，但是今日子小姐在这击掌之后，嫣然一笑。

“案子解决了。”

今日子小姐说道。

“啊——啊？”

最快的侦探。

会合之后还不到一个小时，而且掟上今日子从醒来以后也没有离开床一步，就这样宣布破案了。

4

“没有凶手。真相就是——霜叶总藏是自杀的。”

今日子小姐似乎连解决篇都要继续在病床上进行，完全不卖弄关子，以最快的速度娓娓道来。

而且第一句话就是“真相”。

太过于直接，大脑一时半刻无法接受。

没有凶手？自杀？

“因为受不了痛苦又漫长的住院生活，老人选择了自杀。即使是在这个时代，应该也不是什么稀奇的事吧？”

说的活像自己是从过去穿越而来的人似的……不过，这的确不稀奇。反而正因为医学发达，这种悲剧可说是愈来愈多。

与由于照护疲乏导致杀人和为了夺取遗产不惜杀人无异，都是凄惨的死，真的一点也不稀奇。虽然一点也不稀奇，但或许也是最令人难以接受的死。

老人自杀明明已经成为社会问题，却也是许多人不愿意正视的社会问题，就连想象都不愿意想象，所以才会完全出乎意料。

提出这种假设，却仍然一副云淡风轻的模样，不只如此，甚至还满脸笑容的忘却侦探，看起来就像是没血没肉、冷酷无情的人。

“这并不是假设喔！是真相。”

今日子小姐讲来仍旧满脸笑容。

声音轻柔悦耳。

“我从一开始就知道这个案子的真相了。”

“……”

为何要说谎？分明是直到刚刚，才因为被山野边警部的发言触发，进而推理出来的。

并不是将“人生的总结”与绞杀尸体在比喻上做联结，而是单纯接受了字面上的意义吗？

自己决定让自己的人生落幕。

的确，山野边警部是在谈这个主题，但那比较像是在表明决心、抒发己志，与实际上真的下定决心，动手“总结”完全是两码事。

山野边警部下意识地想要否认。

此时的她，专业意识与理性都被吹到九霄云外，完全不想听忘却侦探说的话，但之所以忍住没这么做，是基于一路走来的经验。因为当今日子小姐声称自己的推理就是“真相”之时，那百分之百就是“真相”，纵使常常说些“我早就知道”之类的谎，但如果“不知道”她就会说“不知道”。

“人生的总结”——“绞杀尸体”。

山野边警部的头脑全速运转，试图找出让直觉产生厌恶感的原因，没想到一下子就找到了。要是自己能冷静而非冷酷地用身为警官的双眼探索，应该能更早发现那个明摆在眼前的“事实”吧。是感情拖慢了速度。

“今日子小姐，我想饱受病魔折磨的病人的确会有想要亲手了断自己生命的念头，也不想否认他们想要自杀的心情。”

想死的心情既不懦弱，也不邪恶。

太多磨难当然会让人想死，因为实在太痛苦了而不想活下去。

问题在于必须检讨将其付诸行动时，究竟能具有什么样的意义。而就这个案子而言，则要检视是否真有被实行的可能性。

“霜叶总藏先生因为长期的住院疗养生活，一直是卧床不起的状态，既无法自己一个人起身，也无法下床，骨瘦如柴，几乎连握力都没有了。你说这种人怎么自杀呢？”

就算想要“总结”人生也无计可施，置身于痛苦的漩涡里，想死也死不成。与其说是活着，倒不如说是处于被迫活着的状态。这是个悲剧，也是现代人要面对的社会问题。

“就算想用帘子的滑轨上吊，死者连站都站不起来。再说，如果他是自杀，凶器是什么？又失踪到哪里去了？”

除此之外，上吊的缢死尸体与被勒死的绞杀尸体也完全不一样——话才说到这边，山野边警部就发现今日子小姐在看别的地方。

东张西望地将病房里看了一圈。

居然没在听自己这番慷慨激昂的陈述——不过话说回来，这番慷慨激昂的陈述确实不值得一听。

向侦探解释上吊与绞杀的不同，根本是在关公面前耍大刀。

清了清喉咙，山野边警部冷静开口问："今日子小姐，你在找什么？"

"没什么，我是在想说马耳东风……说错了，是百闻不如一见，想要来做个实验看看。"

那说溜嘴的"马"是指我吗？山野边警部想，但也马耳东风听听就算了，总之，要冷静。

"可以用来代替凶器的东西——嗯，就用这个好了。"

今日子小姐说完，屈膝让双腿靠近身体，动作利落地脱下穿在脚上的膝上袜——两只脚都脱了。

"搭档是山野边警部"的字眼再度映入眼帘，这句话令她冷静下来，没错，忘却侦探不是敌人。

附带一提，另一只脚上以同样字迹写着："今天很困，现场就算有床，也不能随便躺上去！"

看样子备忘录也有起不了作用的时候。

这些都先搁一边，今日子小姐将两只膝上袜绑在一起，用力拉紧，做出一条长长的绳子——因为有伸缩性，所以真的很长。

“……今日子小姐，你该不会要说凶器是女生穿的膝上袜吧？”

的确有很多在医院上班的护士都穿着那种白色的丝袜，所以也不算是弄不到凶器吗？

山野边警部正想举一反三，但今日子小姐却这么说：“不，这只不过是代替品。伸缩性可能差不多就是了。接下来——”

今日子小姐仿佛是在做强度检查，将膝上袜用力地一拉再拉，打算来实行她的“百闻不如一见”。

“……有什么我可以帮忙的地方吗？”

“不用，这只是个简单的实验。”

今日子小姐先是委婉拒绝，接着又看了看山野边警部的脚，开口问。

“因为还想再加长一些，可以借一下你穿的吊带袜吗？一只就行了。”

语气虽然很谦卑，不过这种要求还真是——虽说呆站在一旁是令人手足无措，却也很后悔刚才干吗跟她客套，早知道就不要多嘴了，但都说是为了办案，又怎么好意思拒绝。现在可不是为了这种小事而耽误调查的时候。山野边警部将手伸进裙子里，解开扣子，脱下右脚的丝袜。

“谢啦。”

今日子小姐接过黑色丝袜，与白色膝上袜绑在一起。正如她的判断，长袜连接成很可观的长度。

三条丝袜的长度……大概有一点五米再多一些吧?

“那么要开始实验了，但愿能一切顺利……”

今日子小姐边说边把用三只长袜连成的长绳，像缠围巾似的绕在自己纤细的美颈上。

“要把这条长长的袜子绑在帘子的滑轨上吗？”

莫名其妙的心虚虽然又让山野边警部变得饶舌起来，但其心中根本不认为围着病床的滑轨会有足以支撑人类体重的强度。就算是因为肌肉萎缩导致体重减轻……

“不是帘子的滑轨，而是要绑在病床的床架上。”

今日子小姐迅速地将长袜子的一端——山野边警部的吊带袜那头——绑在病床的左侧。

咦？就像利用门把来上吊那样吗？不对，虽说上吊不一定需要在高处，但是绑在比身体还低的地方也实在是——

山野边警部还搞不清楚状况，今日子小姐又把袜子绑在床的另一侧——将长长袜子的另一头，左右对称地绑在病床右侧的床架上。

“啊！”

山野边警部没那么迟钝。

看到这个画面，山野边警部已然理解今日子小姐意欲何为，也意识到一周前，霜叶总藏到底做了什么。

也就是说——

“然后呢，摁下这个操作面板的开关——”

“停停停！”

赶紧倾全力地阻止她。

就算是实验，也不用完整重现到那个地步。无论今日子小姐再怎么善于重现现场，做到那个地步也是太过了。

“我懂，我已经都懂了啦！你是要在这种状态摁下操作面板的开关，让床像刚才那样动起来吧？摁下开关，床垫就会升高到呈四十五度，这么一来，你躺在床上的上半身会被拉起来，但是因为缠在脖子上的长袜子两端绑在固定不动的床架上，所以脖子就会被勒紧吧？”

“犯不着说明得这么急吧……你真是最快的警部呢！”今日子小姐一脸惊讶地说。但真正惊讶的是我好吗！山野边警部心中呐喊。因为用了袜子这种有些出乎意料的道具而掉以轻心，但这个人做这种事也太危险了吧。

“讨厌啦，别担心。所以我才顾不得分寸地跟你借吊带袜，以确保长度足够呐。考虑其伸缩性，最糟的情况，不过就是会昏过去一下而已。”

山野边警部特别想追问她“昏过去一下会有什么后果，你到底有没有自觉啊？”不过还是硬生生地把话吞了回去。现在该问的问题不是这个，重点也不在这里。

“……我明白了，我没有意见。的确，即使是卧病在床的病人，只要用这种方法，或许不需要什么大动作，只要摁下开关，就能像这样躺在床上轻易自杀成功。可是……”

令山野边警部难以接受的，是竟然把护理用智能床当成安乐死仪器来使用的这个极度恐怖的事实。今日子小姐用“科学的进步”来形容安乐死仪器，用“先进”来形容护理用智能床，却将两者像是把袜子绑在一起似的加以连结，完全出乎人意料之外。

不，正常人也不会把袜子绑在一起。

真正恐怖的究竟是实际发生的这件案子，还是居然能像这样联想的今日子小姐呢……

“当然，不管是利用病床，还是只用一个开关来操作，本身都是绞杀，所以不可能像你提到的安乐死专用仪器那样没有什么痛苦地走……但在几乎没有力气，只能躺在床上的状态下，也没有其他办法了吧……‘案发时间’之所以是半夜两点这种深夜，我猜是因为老人从就寝时间到搞定这些机关，就是需要花这么多时间。”

“咦？这未免……也花太多时间了……”话到嘴边，山野边警部立刻反应过来。的确，光是要把凶器的两端绑在床架上，就需要这么久的时间。

因为霜叶总藏既没有体力，也没有握力。

所以光是这样的作业，也得花上好几个小时。

“……”

绝不是什么简单的自杀手法——太惨烈了。

既是最后的手段，也是痛苦的决定。

拼死的行动。

为了结束生命，竟然要花好几个小时准备，这究竟是什么样的心情。

“那凶器……到底是什么呢？并不是袜子吧？”

“不是，这只是代替品，霜叶总藏先生是没办法弄到袜子的。我想他应该还是利用手边现有物品来作为道具，比如说……”

今日子小姐说着，指着床边。

可是那里什么东西也没有。

然而，用常理来判断，若说在这个病房、这张病床的旁边会有什么，答案显而易见，霜叶总藏住院时，那里肯定有东西。

“点滴……”

今日子小姐刚才在病房里四下张望，看似就是在找这玩意儿。

“凶器是点滴导管……吗？”

“因为在他伸手可及的范围内，就只有那个是绳索状的物体，而且伸缩性和强度也都没话说。”

拿护理用智能床和治疗用点滴导管来作为结束生命的工具，怎么想都还是太恐怖了。然而，若想到这是身在无止境痛苦之中的病人竭力思索的解脱，倒也不是不能理解。

可是，这个忘却侦探却……只是在床上滚来滚去，就想出这种推论，心灵是有多空虚啊！

想出这种推论，心情不会变差吗？不会觉得想出这些的自己是不道德的，不会因此陷入自我厌恶的情绪里吗？

“还有其他疑问吗？山野边警部。”

“……如此一来，就是医院相关人员擅自回收他用来自杀的点滴导管，并操作面板将病床恢复原位喽？为了隐瞒住院病患利用病床和医疗器具自杀的事实……”

这个事实再怎么样也不会被拿来跟医疗过错等丑闻相提并论，但仍然可以预见一定会受到世人的抨击，把目不忍睹的社会问题，全都说成是院方该负责。像是病床的安全性怎样、为什么把危险的导管放在那种地方等等等等的欲加之罪，全部加诸院方头上。

或许院方也不认为这是“欲加之罪”，不是基于责任感，而因为是罪恶感。

因此才要隐瞒。

当然是拼了命地抢救过吧，同时也赶紧销毁了那些自杀工具。

毕竟只是为了湮灭证据，而不是要故布疑阵，所以并未把自杀伪装成他杀，于是便造成了“在平坦病床上发现不知道被谁下毒手的绞杀尸体”这般结果。

报警时间太晚——今日子小姐打从一开始就注意到这点了。

这么一来，她说“打从一开始就知道”也不完全是唬人的，然而在另一方面也不禁让人觉得，忘却侦探搞到最后，其实什么都没搞清楚。

湮灭证据当然是犯罪行为，但自杀这件事也不能怪院方。山野边警部心想。既然如此，基于“轻易看穿残酷真相”这种理由而责备忘却侦探没有良心也实在是莫名其妙。理智虽然很清楚，不过山野边警部还是无法压抑从内心泉涌而上的情绪。

“……真令人惆怅啊。”

希望死去时，能让留下来的人觉得自己是幸福的。会认为这是最好的总结方式，自己的想法真是太肤浅了，觉得好讨厌自己。

哪有这么好的事。

实际的死亡是如此惨烈之事——充满执念。

死亡终究只是自己一个人的事。

“在身体无法自由活动、意识也一天比一天模糊的情况下，仿佛沿着仅存的一缕细丝，思考要如何让自己死去，从极为有限的条件中捻出方法，花上好几个小时付诸行动，只为一死。有人这样总结自己的人生吗？”

“我不否定惆怅这种说法。”

今日子小姐以始终如一的态度，对垂头丧气的山野边警部说。

“但是，也不全然只有惆怅哦！可能山野边警部已经忘记了。”

“忘记？”

没想到会被忘却侦探指责自己忘事。

“是谁摁下护士铃，我们曾经谈过这个问题吧？”

“啊……是谈过。”

与其说是谈过，实际上只是今日子小姐自顾自地提出各种假设，虽然那些假设最后都被一一推翻了。

因为根本没有凶手，所以摁下护士铃的当然是死者，自杀的霜叶总藏本人——嗯？不对，等一下。

既然是自杀，他为何要摁下护士铃呢？那只会惊动值夜班的护士赶来，结果还做出湮灭证据的举动，搞得事情变得这么复杂——

“今日子小姐，我想不通。难不成是别人摁下护士铃吗？与本案毫不相关的第三者……”

“不是的。在摁下操作面板，启动病床，脖子真的被勒住之后，在点滴导管勒住气管，无法呼吸之后，在打算给人生来个总结之后，他摁下了护士铃。”今日子小姐依旧十分平淡地说，“我想，应该是在摁下护士铃的同时，老人也用另一只手摸索操作面板，想停止病床的继续动作。只是从结果来看，后者似乎未能顺利进行。”

“什……你是说，霜叶总藏先生不想自杀了……是这么回事吗？虽然执行了计划，却临时改变心意……”

“临时改变心意，想继续活下去了。”

在最后的最后，他不想死了。

今日子小姐说着，松开缠在颈项上的袜子。

“尽管已经活了九十二年，在最后的最后，他还是想活下去。不惜让为了自杀所布置的机关、花上好几个小时才做好的准备全都功亏一篑，也想继续活下去。打从心底想着‘还想活下去’而死去。我觉得这样死，其实也蛮好的。”

她穿上解开的袜子。

然后终于离开那张病床，将右手伸向山野边警部。

“就像想着‘不想忘记’今天才认识，感情丰沛、表情丰富的你，而将你忘记这件事，对我而言也不是一件太糟的事一样。”

“……”

临别之际，她若无其事地说出这种话。

忘却侦探老是这样给工作来个总结，给只在短时间共事的搭档。

虽然不经意地流露出这种充满人情味的一面，但终究还是会把我的事忘得一干二净。

所以我才——讨厌今日子小姐呀！

第四话 溺水

1

结束这个案子之后，波止场警部打算辞去警察的工作，就连辞职信也已经写好，放在外套的内侧口袋里。虽然辞职信的内容全是抄自些模板范例，也不是自己想写的内容，但辞职信就是辞职信。

因个人生涯规划而辞职。

可是我也没说谎，毕竟“结婚”这个理由，本来就除了个人生涯规划以外什么都不是。

换成比较喜气的说法，则是“寿退社”——为结婚而辞职离开公司。

不知道公务员是否也能套用“寿退社”这种说法，但就算能这么说，也不能写在辞职信上。由于在过去的警察生涯里，无论是对上司还是部下，波止场警部都毫不讳言“工作就是我的男朋友，我这辈子都是法律与正义的守门人”，所以不管“因个人生涯规划”是多么老掉牙、多么没创意的用词，如今她也只能这样写。

其实我已经跟男友偷偷地交往了很多年，这次准备辞掉工作和他踏上红毯——这种话，怎么可能说得出口。

要选择婚姻，还是选择工作。

做梦也没想到自己居然要面对这种平凡无奇又古板，要说的话根本是跟不上时代的烦恼。

老实说，波止场警部实在没料到事情会变成这样，不过站在男友的角度，他似乎从很久以前就这么想了——之所以要求辞去工作，并不是要女人进入家庭，而是不希望心爱的人继续从事刑警这种危险的行业，如果想继续工作的话，大可去找更普通的工作。

再说得坦白一点，警察是一种不知道会被谁怀恨在心的职业，所以说辞就辞，结果反而更加危险也说不定，然而波止场警部也不是不明白未来的老公之所以会那么想的心情，实际上，她最近也多少开始觉得自己并不适合担任法律与正义的守门人。

对工作已经没有以前的热情。

从事自己向往的工作，反而消磨了幻想及理想。

被人误解曲解也无妨，说实话，听到男友提出这个要求的时候，比起抗拒，“也差不多该辞了”的感觉还更强烈。

回头检视过去的工作表现，波止场警部不得不承认自己似乎既不适合也扛不起警察这份工作，以及警部这个头衔。

不知道会被谁怀恨在心，辞去警察这份工作还比较危险。话虽如此，但是对于实在称不上有过什么像样表现的波止场警部而言，就连这种不安可能也只是杞人忧天。

因此，虽然为了保全体面，还是稍微做个样子烦恼了一下，但是隔天就去买了《给大人的辞职信范例文集》回来。买的时候还在想，“大人”真的会需要这种书吗？

然而，尽管是不适合自己的职业，即使过去实在称不上有什么像样的表现，但毕竟是自己选择成为警官服务社会，对这份工作也不是毫无留恋。一旦真的要辞职，还是会很舍不得，觉得难以启齿，甚至想过会不会有人来阻止自己离开。

因此，决定用这个案子作为界线。

于是，这个案子就成了波止场警部的最后一案。即使之前没有取得什么傲人的成绩，她也决心一旦解决了这个案子，就要利用这个好机会提出辞职。

不过对于这个团队的上司来说，应该不会觉得是个好机会，而会觉得是场大灾难吧。但是波止场警部已经在男友的父母面前发过誓，所以再也没有退路了，所以该怎么说呢，虽然这么想不太好，但还是会希望这个案子能办久一点。

然而，就连最后一案都不觉得能够只靠自己的力量解决，我果然还是不适合当警察吧。

当然，身为现场负责人，波止场警部也不会为了尽可能多赖在职场上一天，就刻意拖延破案时间，但自己的如意算盘还是大大失算了，没想到在高层的一声令下，就在刚才，警方委托了那个忘却侦探来支持。

不是别人，而是那个忘却侦探。

换句话说，别说是拖延了，调查反而会有急速进展，案件将在今天之内被解决了，所以，波止场警部从明天开始就不再是警部了。

不只是急速进展，根本是急转直下。

没想到最快的侦探竟会介入被自己选定作为最后工作的案子，波止场警部总觉得是受到天谴了——话虽如此，但这或许也是一种命中注定。毕竟，忘却侦探正是解决“波止场警部最初一案”的侦探。

机会难得，不如趁机把当时埋藏在心中的疑问摊开来，问她一下吧。

问一下此生或许都与辞职信无缘，几乎是把职业本身当作她身份证明的忘却侦探。

话说回来，那个人应该早就忘了自己见过还是菜鸟的我吧。

2

“早就忘了。初次见面，我是掟上今日子。我的记忆每天都会重置。”

伴随着这样爽朗直接的寒暄，忘却侦探今日子小姐出现在刑案现场，位于市民公园正中央的池塘旁边。她身穿小碎花的连身洋装、蓝色的开襟毛衣。长度只到脚踝的袜子是红色的，厚底鞋则是浅绿色。

该说是引人注目吗？明明是五颜六色到令人眼花缭乱的打扮，

穿在她身上却像是执行公务的制服似的，十分合身潇洒，最大的特色或许是她那及肩的满头白发，将全身的色彩完美整合起来。

“我是波止场。请多多指教……初次见面。”

忘却侦探。

置手纸侦探事务所所长，掟上今日子。

如她本人所说，她的记忆一天就会消失。无论参与过什么案件，无论接触到什么谜团，无论引导出什么解答，都无法持续记忆到隔天。

再也没有比这种资质更能彻底达成侦探的第一要务“严格遵守保密义务”了，从这个角度来看，或许再也没有比今日子小姐更适合当侦探的人。当然，这是以她的推理能力及调查能力也是一流为前提的评价。

也难怪警察机关会请她来帮忙破案，但是，在每次“初次见面”的时候，还是让人不知如何是好。

“你是波止场警部吧。好的，我把你记下来了。”

忘却侦探微微一笑，如此说道。同样身为女性，也不免觉得她那迷人的笑容令人心荡神驰，就算她说记得，一想到到了明天，还是会一如既往地把自己忘记，就觉得这一切都只是空虚的客套话。

“那我们就快刀斩乱麻，速速进入正题吧！我会好好协助你的，波止场警部，还请说明案情概要，也就是关于命案的内容。”

面对命案却想“快刀斩乱麻”“速速进入正题”的轻率反应，想来与擅自将本案当作离职界线的波止场警部实在有得一拼，不过最快的侦探是连为死者默哀的时间都舍不得吗？也或许她是认为只要能早一秒破案，就是对于死者最好的吊唁也说不定。

不管怎样，她既然都这样说了，也不能不加以说明。波止场警部还没欠缺职业道德到为了拖延破案的进度，刻意隐瞒详情。

尽管就要辞职了。

波止场警部再度面向池塘——在今日子小姐依约来到之前，波止场警部也一直都在埋头苦思。

“前几天，在这座池塘里发现了尸体，是一名失踪的成年女性的尸体。”

“嗯，是浮尸吗？”

“没错。虽说是女性，但尸体的状态很糟，乍看之下甚至无法判别是男是女。”

虽说现场经验不能算丰富，但是自从干了警察这行，波止场警部已经看过比一般人还要多得多的尸体，但最糟糕的尸体，还是莫过于浮尸。

肿胀变形，完全看不出生前的模样。

惨到就连照片都令人不忍直视。

或许不该把案子，抑或是人类尸体拿来互相比较，但真的没想到自己负责的最后一个案子，会是这种悲惨到令人忍不住想移开目光的命案。

“原来如此，我明白了。也就是说，这次是要我忘却侦探来辨识这具尸体究竟是谁对吧？”

“不，已经确定身份了。”

波止场警部连忙阻止最快的侦探冲得太快。就算浮尸已经看不出生前的样貌，但是在现代的科学调查之下，尸体变形毫不妨碍身份的查明。

更何况死者还穿着衣服，钱包也还在口袋里，驾照和身份证都在钱包里。

因此，不只是名字，死者所有个人信息都已经在警方掌握之中。手机泡水固然坏了，但鉴识人员也马上将其修复，取出了里面的数据。

“是喔，已经确定啦。”

今日子小姐似乎颇为失望地点着头。

“不好意思，是我抢跑了。那么，重新来过。不需要侦探出场就已经知道的死者姓名是？”

“加势木二步……小姐。”

波止场警部看着记事本回答。

虽不是忘却侦探，但波止场警部对自己的记性没什么信心——

倒不是记不住死者的全名，只是想确保信息的准确性。

毕竟是最后的工作，我也想弄个水落石出。

波止场警部自我分析了一下，继续说明：

“加势木小姐的尸体就浮在这座池塘靠近正中央的位置，发现者是当时正在划船的情侣，他们立刻打电话报警。”

“是溺死的吗？”

“不，没有遇溺痕迹。看来死者是遭到杀害后，才被丢进池塘的。”

“原来如此。那是要我忘却侦探来厘清死者疑点重重的死因吗？”

“不是。”

今日子小姐又会错意了，波止场警部再度帮她踩下刹车。要驾驭最快的侦探，真是一件劳心劳力的事。现在回想起来，第一次的案子也是这样。其实也没什么好回想的，毕竟今日子小姐早就忘了那件事。

“死因已经厘清了。”

“死因也厘清了吗？”

真的就像在田径赛时被判为起跑犯规那样，今日子小姐失望得都快站不稳了。这下子或许真的有点尴尬。

“头部有被用力殴打的痕迹，所以直接死因是遭到击毙。”

“换句话说，凶手在打破死者的头以后，才把她丢进池塘吗——嗯。”

今日子小姐将眼前的池塘从右到左看了一遍。

这是一座安静的池塘，平常会有亲子或情侣在上头划船游玩，但是在发现尸体之后，现在暂时封锁，湖面上大概只看得到水鸟。

“嗯？”

“……有什么疑点吗？”

波止场警部问微微歪着头，摇着满头白发的今日子小姐。

“没有。”

她又把头转正。

“也就是说，我忘却侦探只要找到这具浮尸——加势木二步小姐是被什么人杀害，也就是指出凶手就行了吧？原来如此，这可以说是侦探最基本的工作。”

今日子小姐看似有所领会地说道。要连续三次否定她的话，着实令人有些过意不去。

“也不是这样。”但波止场警部非说不可，“已经锁定凶手了。住在这座公园附近，是死者的男友。”

“……”

今日子小姐面向波止场警部，露出有些厌烦的表情——就算她用责难的眼神看着自己，也不能因此虚构委托内容。

“是不知道动机吗？”

“动机很明确。两人分手好像谈得很不顺利……所以或许该说是前男友而不是男友。从死者手机复原的数据里，已经找到内容近似恐吓的电子邮件，听说嫌疑人也经常向身边的人透露对死者的杀意。”

“哈哈。这么一来就是不在场证明喽。要调查不在场证明对吧？”

“已经从死者胃里的残留物推定出死亡时间，在那段时间，嫌疑人完全没有不在场证明。而且那明明是正常人要上班的时间，嫌疑人却装病在家休息。”

“……是不知道凶器是什么吗？因为伤痕是特殊的形状，再加上又是浮尸所以整个变形……”

“凶器是铁锤。至于伤痕则普通到不行，即使是肿胀的浮尸也还是可以看得出来。”

忘却侦探抱头。

接着缓慢地摇摇头。

“那么，到底有什么工作能让我忘却侦探来做呢？”她颤抖着声线，以非常不爽的语气说道，“请让我工作，请给我工作，工作！工作！工作！”

重度的工作狂。

这与接下来正打算辞职的波止场警部恰好形成对比——究竟是什么驱使她要把自己逼到这个地步。

为了解开犯罪事件的谜团，不惜以命相搏的侦探有很多，但是警方并不会委托那种性格难缠的侦探。

今日子小姐不是喜欢谜团，而是喜欢工作，然而，她那样的工作态度是以什么为基准形成的呢？在波止场警部眼里，实在是难解的谜团。

从第一次与她共事的时候就非常不解。

“如果没有工作做的话，我就回去了。”

“请、请等一下。有有有，我已经准备好一定能让你满足的工作了。”

不开玩笑，今日子小姐当真要掉头走人，波止场警部连忙绕到她面前去留住她——说是那么说，但命案当然不是特别为她准备的。

“真的吗？”

今日子小姐以狐疑的眼神盯着波止场警部看，仿佛在确认目击者模棱两可的证词——要问是不是真的，老实说也有点难回答，但的确是在调查本案之时，让侦办陷入胶着的难题。

“问题在于——水深。”波止场警部说道，指着发现尸体处——池塘的中央部分，“这座池塘最深的地方也不过一米半。因为是人工湖，不是自然形成的池塘。因此……”

“不能说是适合用来弃尸的场所。”

被今日子小姐抢先一步公布答案。虽然前面的都没猜中，但最快的侦探似乎还是维持着她一贯办案风格。上帝是忘了在她身上装刹车系统吗？

或许刚才在她“嗯……嗯？”地侧着头时，就已经发现到这点了吧。

“马上就会被发现呢！就算尸体没有浮上来，也可能会隔着水面看到沉在底下的尸体。”

“没错……说得委婉一点，虽然这池水的透明度实在不高，但是若有个人躺在底部，的确可能会看到。”

先不管实际上是否真能看到，但是站在弃尸者的角度，想必是会让人感到不安的地点。如果是荒郊野外深山里的池塘也就算了，在市民公园的正中央……事实上，也真的被情侣发现了。

“再加上你刚才也提到，嫌疑人就住在这附近。把自己下手杀的人，弃尸在自己家附近，怎么想都不太可能。”

“正是如此。换句话说，要确实锁定嫌疑人，得先克服这个瓶颈。”

当然，现阶段已经有足够的间接证据可以申请拘票，但是要能够起诉的话，上级似乎希望能在动手逮捕以前，排除这个疑点。

毕竟现今社会，信息相当公开透明，已经不是可以在侦讯室里逼嫌疑人坦白的时代了。波止场警部也赞成高层慎重的态度，而且如果用不着急着破案，就表示自己身为警部的时间也能再拉长一点，所以身为负责人，根本没理由反对，只是做梦也没想到，上级竟会找来忘却侦探。

这么一来，等于会比平常更早破案。当然，这是建立在今日子小姐能以她卓越的推理能力解开这个谜团的前提之下。

“嫌疑人为何要将自己杀死的人沉在这座池塘里？死者为何会被沉在这座池塘里？我忘却侦探只要能找出这原因就行了吧？”

刚才那一连串的篮外大空心似乎已经完全被抛到九霄云外去了，今日子小姐重拾她的微笑表情。

“我明白了，我会用最快的速度破案的。”

稍微慢一点也没关系喔——看她这么积极，波止场警部虽想说，也实在无法开口。

3

“先让我确认一下大前提，将尸体沉入海里或湖中的理由，目前还是以‘为了作为隐匿尸体的手段’为主流，没错吧？”

今日子小姐开始在池塘周围走动。

波止场警部一面想她还是老样子——依旧是静不下来的人呐——一面跟在她背后。

如果要将忘却侦探无与伦比的能力发挥到淋漓尽致，总之就是“随她去”就对了。这已经成了警官之间的定论。

简言之就是别管她，只要远远地看着她，别让她闯祸即可。如果她想走，最好就由着她走到她高兴为止。

因此，波止场警部虽然基于良知想着“处理尸体的方式哪有分什么主流不主流的”，但是为了不妨碍她的思考，并不打算讲出来讨论。

“运气好的话,浮尸还能成为鱼的养分,消失无踪也说不定——对了，这池塘里有鱼吗？”

“好像没有吧，顶多只有不知是谁擅自放养的金鱼或稻田鱼，但是并没有由公园管理者饲养的鱼。”

今日子小姐面不改色，一脸可爱却说着如此冷漠无情的话，波止场警部虽是头皮发麻，但也仍是回答。说来自己也并未特别留意池塘里有没有鱼这个问题，至少在调查的过程中，都没收到过这方面的报告。

“我再确认一次，死者加势木二步小姐并不是溺死的吧？而是在头部遭到铁锤殴打时，就已经确实死亡了？”

“是的，没错。”

“哼哼……不是溺死滴滴滴，而是用铁锤打打打……滴滴答答……”

今日子小姐自言自语地说着类似双关语的怪话。

该说她的推理是瞎猫碰上死耗子，还是滴水不漏呢，总之就是一种把所有想得到的可能性全部检视一遍的推理方式，所以即使是猛一看蠢到爆、怪到家的可能性，也不能放过。

实际上，在波止场警部过去与忘却侦探的合作里，就有这种搞双关语的附会杀人案。

“刚才提到是因为尸体浮出水面，才会被人发现，嫌疑人把尸体沉到池底时，没有绑上重物吗？”

“没有，完全没有这方面的小动作，感觉就只是把尸体丢进池塘里，所以沉在水底的尸体一腐坏，产生气体以后就浮起来了。”

“是喔。原本在享受划船约会的情侣，看到那具肿胀的浮尸，气氛肯定都被破坏光了吧！”

今日子小姐说着同情第一发现者们的话，让人想笑又笑不出来。

现在可不是担心那对情侣的感情会不会生变的时候。但是，也正因为今日子小姐有着像这样和波止场警部截然不同的观点，才会找她到这里来。

“把那个嫌疑人是否为真凶的事搁一边，先试着模拟一下吧！”

“模拟什么？”

“凶手的行动。”

今日子小姐说道。

“凶手先在别的地方用铁锤击毙死者加势木二步小姐。再抱着她的尸体，来到这座公园——到这里没问题吗？”

“没、没问题。”

她特地这样问，让波止场警部不禁紧张起来，但这只是个单纯到要错也很难的假设，根本不需要特地模拟。

“尸体是在池塘中央浮起来的，就表示并非随便从池边丢下去。应该要假设嫌疑人是划着小船，把尸体运到池塘正中央之后，才进行弃尸的。”

“是的……据说公园对小船的管理十分随性……总之是非常马虎，经调查后发现，死者的血迹留在其中一艘出租小船上。”

“哎呀，这样啊。那么，看来我还是把本来要在接下来提出的‘凶手背着死者，游到池塘中央’这个假设收回吧！”

还有那样的假设吗？真是荒唐到极点。但是，或许就是要彻底清查到这个地步，才能算是所谓的模拟吧。

“将死者沉入池塘以后，凶手便离开弃尸现场。从让死者穿着衣服，也没有销毁足以查出身份的随身用品来看，手法实在非常粗糙。只是从这个角度来看，也可以认为是凶手有‘无论如何都要将死者沉入池塘’的理由，不能就地掩埋，也不能焚尸灭迹，非得丢到水里不可。”

“是的……不过，虽说掩埋或焚烧都比沉到水里还要费工夫，但是必须特地划船去弃尸，倒也不轻松就是了。”

若是为了让尸体永不见天日或许另当别论，然而问题是已经被发现了。

从结果来看，这跟弃尸在草丛里根本没什么太大差别，相对于付出的劳力，可说是徒劳无功。

“而且还是离自己家不远的池塘。尸体一旦被发现，肯定会成为头号嫌疑人。”

波止场警部说到这里，今日子小姐又补了一句。

“不过，这是一开始就把那个男友视为嫌疑人的情况喔！”

对了，目前是在“还不确定凶手是谁”的前提下做模拟。

“请让我对这点提出反证。波止场警部，说不定理由正是‘因为就在附近’。熟悉的地点当然比较好行动。或许早就知道池塘人烟稀少的时段、小船的管理状况等等。”

“……可是，这么一来不就本末倒置了吗？谁会把尸体藏在与自己有地缘关系的地方？”

“没错，我也是这么想的。但令人很意外，听说这世上也有不少人如果不把秘密藏在自己的地盘，就会感到不安呢。大概是基于想把重要事物放在手边管理的心情吧！”

听起来似懂非懂。不管怎么说，都是波止场警部很难接受的歪理。既然如此，藏在自己家里岂不是更好。

“把死者沉入池塘里的理由——是非得要这座公园的这座池塘才行，还是只要是池塘，哪里的池塘都可以呢？如果是哪里的池塘都可以，为何选中这座池塘呢？地缘关系？嗯……”

今日子小姐一路走来未曾放慢步调，嘴上则不停嘟囔。

“实在难以用于藏尸的水深。加上人来人往，经常有人租船来划，是早就有总会被人发现的觉悟吗？若是如此，应该还有其他目的才是……”

“就是因为搞不清楚这点，案情才会陷入胶着，才会委托今日子小姐——呃，或许是一件小事。”

“不，我认为这点很重要呢。更何况仔细想还蛮深奥的。喔，我不是说水深就是了。”

今日子小姐补一句实属多余的注释，终于停下脚步。原以为她整理出了结论，但似乎并非如此，单纯只是已经绕完池塘一圈，又回到原处而已。

绕一圈花了不到三十分钟。

果然不是太大的池塘。

波止场警部看着这座池塘，想着如果是自己，才不会把尸体沉在这里呢——话说回来，如果是波止场警部，根本就不会想杀人。

毕竟曾经是一对恋人，就算是嫌疑人，应该也不是打从一开始就想杀死对方吧……

听说两人闹翻的理由也非常无聊，既不是因为劈腿，也没有金钱纠纷，导火线是从一个人喜欢猫、另一个人喜欢狗，对喜欢的书有不同的解释这种芝麻小事开始的。

波止场警部也吵过这种芝麻绿豆大的架。

不只吵过，是常常吵。

一想到这种无伤大雅的口角，最后居然演变成如此凄惨的命案，也不得不承认“感情是愈吵愈好”这句话，只不过是不知家庭暴力为何物的人喊来不痛不痒的口号。

“倘若不用追求像推理小说那种意外性，只单纯说说感想，应该是凶手的思虑不周吧！换句话说，浅的不是池水，而是嫌疑人的脑容量。”

“换句话说”之后其实根本不用说，不过，这也是理所当然的见解。

一心只想尽快把尸体处理掉，虽然也没蠢到以为把尸体沉到水里，尸体就会溶解掉，但是为了让尸体消失在自己的视线范围内，还是沉进熟悉的池塘里，却不知尸体泡水腐烂之后，会因为产生气体而浮起来。

这种见解在调查小组内也占了大多数，若要选边站的话，波止场警部也属于这一派。

“今日子小姐，这是你的想法吗？”

“不能完全否定这种可能性，但是该怎么说呢。如果说因为是侦探，会因为职业病而企图追求意外性，或许也有一点……总觉得要是嫌疑人的想法当真那么浅薄，那么用来行凶的铁锤，应该也会和死者的尸体一起被发现才对……之所以还没动手逮捕，也是因为还没找到凶器这项物证吧？”

“是的……”

的确，明明这么轻易地发现了尸体，却找不到凶器，这的确是让人感觉很不对劲的事实。

还有别的想法吗。

“那么，今日子小姐又是怎么想的呢？死者的尸体为何会被弃置在这座池塘里呢？”

“波止场警部，要拜托初次见面的你这种事，或许有些厚脸皮，但可以请你答应我一个不知分寸的要求吗？”

忘却侦探不回答波止场警部的问题，反而来了句这样的客套话。忘却侦探既厚脸皮又不知分寸的事，在警察组织内部早就已经成为不动如山的定论了，如今还有什么好客气的。但是当事人早就已经忘了自己干过的那些传说级好事，所以才会想先礼后兵也说不定。

波止场警部过去也被这位白发侦探的言行举止搞得团团转，但一想到这是最后一次，不免心情也有些释然，于是意气风发地回答。

“可以呀！什么要求？”

对此，今日子小姐将双手交叉在身体前面，在一阵扭捏之后。

“我想请你跟我约会。”

她这么说。

4

这是我的荣幸，只可惜我已经有互许终身的人了——当波止场警部内心还在惊慌失措之际，忘却侦探已经以迅雷不及掩耳的速度，办好了租借小船的手续。

简言之，今日子小姐把话说得太暧昧了，她其实只是要邀请波止场警部和她一起搭船，好能更靠近死者尸体实际沉没的地方而已。

要划船就说，不要讲些引人遐思……喔不，是让人莫名其妙的客套，真希望她能直话直说。

不管怎样，今日子小姐已经裙摆飞扬地跳上小船。

最后的工作居然是和今日子小姐一起划船，总觉得哪里怪怪的，没有结束的感觉，但这也应该算是非常奢侈的感想吧。

话说回来，总不能让今日子小姐一个人划船到池塘的正中央，自己只是在岸上袖手旁观。波止场警部下定决心，跟在她后面上了船。因为这是一艘小船，只要稍微动一下，就会摇晃不已。

今日子小姐建议一人划一边的桨，不过直觉告诉波止场警部“把桨交给最快的侦探是一件很危险的事”，因此只能自告奋勇。

“两个人同时划可能划不好，还是轮流划吧！”

波止场警部自愿扛下这个体力活，实际上她完全没有要把桨交给侦探的意思，把动脑的工作留给对方比较好。

然而，实际划了几下，坐了两个人的小船迟迟无法前进，结果真是丑态百出。要把尸体丢到池底，看样子并不是那么简单的事。

“回答你刚才的问题——”今日子小姐从小船的边缘把手伸出去，漫不经心地用指尖轻抚池塘的水面，娓娓道来，“——或许是打算水葬吧！”

“水葬？哦……换言之，今日子小姐认为凶手是为了奠祭自己杀死的死者，才把她沉到池塘里吗？”

“我只想表示也有这样的可能性，而且我只是说说，并不觉得这个可能性有多高，也没打算认真采纳这个可能性。”

“也是，明明人是自己杀的，却还郑重其事地奠祭对方，怎么想都很不合理呢……”

“这也是原因之一，但主要是——就水葬而言。”今日子小姐用掌心掬起水来给波止场警部看，“水质好像不是很干净。这么说可能对管理员有点不太好意思，但是正常人应该不太会想被葬在这种池塘里。”

管理员应该也不希望这座池塘堆满了尸体吧！而像这样坐着小船漂浮在池塘上，水质看起来更混浊了。

不过，倒也没有脏到看不见底部，顶多还算是半透明的。可是话说回来，能不以为意地触摸这种“看起来不太干净的水”，忘却侦探果然比她的外表还要强悍许多。

“若说凶手确实是她的前男友，在又爱又恨的情况下对她痛下毒手，在一时冲动失手杀了人以后，想做些事情平复伤痛，也不是没有因此将她水葬的可能性。不过如果真要平复伤痛，还是用土来埋比较好吧！”

利用处理尸体的方式来编双关语又能如何，真希望她不要把才能发挥在这种地方。

“可是今日子小姐，你难道不觉得，就算不是为了奠祭，将死者沉到水底，对凶手而言可能也是某种仪式吗？”

“难道他以为沉入水里，心爱的人就能死而复生吗？又不是脱水海带。如果不是击毙，而是以晒干的方式杀害，或许还有一点可能。”

在波止场警部不算丰富的经验里，从未见过那种酷刑般的死法，何况认真地说，若是将晒干的尸体“泡水恢复原状”，也一定会留下痕迹。

“并非基于哀悼死者的心情将其沉入水中，而是借由像这样将死者沉入水中的行为，洗涤自己的罪恶，也就是，所谓赎罪的仪式。”

“嗯，赎罪的仪式吗？”

今日子小姐微微点头，似乎认为有思考的价值。

因此，倒也不是得意忘形，于是波止场警部补了一句。

“是的。像是让浮尸被河水流走一般，将罪孽也一并带走。”

“啥？”

今日子小姐面露诧异，还皱起眉头，一脸“你说话居然这样不经大脑思考”的表情——自己明明大放厥词了半天，这也太任性了吧。

“这是个池塘，水是不会流动的，浮尸怎么浮也无法流走吧！”

在毫不留情的否定之后，今日子小姐又提出另一个可能性。

“不是仪式，而是情绪的发泄。”

从这里开始，“网罗推理的忘却侦探”总算要发挥真本事，使出浑身解数的今日子风格了吧。但——何谓情绪的发泄？

“我的意思是说，正因为水质是这副德性，才要故意把尸体丢进这座池塘里，是为了损坏，而不是丢弃。”

“是为了损坏，而不是丢弃？”

类似故意将有身份地位的人的尸体随便弃置于垃圾场，借此凌辱对方的行为吗？但这座池塘并没有脏到那个地步。而且，原本还是亲子或情侣们的休闲场所。

“而我接下来要提出的另一个假设，就是‘为了要吓死那些亲子或情侣们’。”

“为了吓死他们？”

“所以说，如同我刚才讲过的那样，第一发现者——当时正在约会的情侣不就被吓坏了吗？”

是啊，她还说气氛都被破坏光了。

要是在约会时看到尸体漂浮在水面上，的确是很……嗯。今日子小姐是要说那并非偶然下的产物，而是凶手蓄意而为的吗？换言之，正因为够浅，尸体不会沉在池底，不久之后就会浮起来。这全是凶手从一开始就打好的如意算盘？

“你是指……凶手的目的就是为了破坏那对第一发现者情侣的约会，为了发泄自己的恋爱无法修成正果的怨气……像是故意找麻烦似的，把尸体放在约会胜地吗……”

“要这么假设，确实是有些太荒唐了。”

今日子小姐耸耸肩。

无法释怀的反而是波止场警部，明明是今日子小姐自己从刚才开始，就一直提出一些不切实际的假设。

她心中“何谓现实”的标准实在非常难以捉摸。

“不不不，我的意思是说，若是要刻意锁定那对情侣来找他们麻烦，其实是很荒唐的。如果是以不特定多数为目标来找碴，这个可能性倒也不是没有吧。”

“所以你是认为所有的亲子或情侣们都是目标吗？就是说如果发现的，那个……该怎么说呢……只要看起来过得很幸福，任谁发现尸体都无所谓。把尸体设置在池底，作为某日将平静的公园风景炸得粉碎的定时炸弹……”

倒也不是不可能……

如果这是杀人的主要目的，的确是不太可能，但若是像这样利用失手杀死而无法挽回的尸体，使其另外派上用场的思考逻辑，或许也不是不可能。

人类的脑子里，什么都有，什么都不奇怪，差异只在究竟能不能跨过“付诸实施”的那道高墙。

波止场警部想的那种“安装在池底的定时炸弹”是夸张了点，但每个人的心中，或多或少都有想破坏那些过得太安逸的家伙们愉快的日常生活、想恶整别人、想讲些讨人厌的话、想让别人难受的破坏冲动。

“毕竟刚杀完人，想必不是在正常的精神状态下行动，或许已经失去理智，是在一时冲动下做出的傻事。后来才猛然想起不该这么做，懊恼应该埋到更远的深山里，但是沉都已经沉下去，后悔也来不及了。”

当波止场警部以那双不算太有力的手臂，终于把船划到池塘正中央时，今日子小姐突然站了起来。在摇摇晃晃的小船上依旧能保持平衡，看来她的身体十分强健，与那纤细的身材实在不搭配。

因为她是超有行动力的侦探，只靠当侦探就能锻炼好身体吧。

跟只不过是划个船就筋疲力尽，累得像条狗的我不一样。

“或许杀人这件事，比起付诸实行的准备工作，收拾残局还更麻烦——因为又不像玩游戏，敌人一倒下就会自己消失——肢解的尸体、坠落的尸体、绞杀的尸体、溺水的尸体，光是种类，就很多呢！”

今日子小姐既是随意，却也是巨细靡遗地列出了几种尸体的状态。她本身或许全给忘了，但至今侦破过各式各样刑案——伴随各种不同尸体发生的刑案，她接触过的尸体数量，肯定远远在波止场警部之上——她都这么说了，应当视为至理名言，铭记在心吧。

这想必也不是她第一次处理溺水浮尸案件，只是她忘了……

那些经验即使没留在记忆里，也会镌刻在潜意识里，和身体一样，她每天也锻炼着“推理脑”和“推理肌肉”吧。

正当波止场警部显然放空在思考这些事的时候，今日子小姐依然站在原处不坐下。

“在这里，我想说些既不是一般人的见解，也不是侦探的见解，而是我身为推理迷的见解。”

身为推理迷的见解？

“也可以说是推理小说读者的素养吧。虽然我的记忆无法更新，情报来源略偏古典。”

“是……素养吗？”

听不太懂。

别说推理小说，波止场警部就连警察小说都不看，因此，她的读书量极少，这辈子只看过参考书。但她也不认为这有什么问题。

“正因为尸体被弃置在嫌疑人自家附近，形成办案的瓶颈，使得警方无法动手逮人——这种状况才是正中嫌疑人下怀——身为推理迷，会比较想看到这样的剧情。”

“嗯……那，目的是为了扰乱调查吗？”

“这时应该会再更具体一点——如果自己就是凶手，才不会把尸体丢在那么近的地方，所以自己不是凶手——试图建构起这种三段式论述。”

“原来如此……的确是很推理小说。”

所谓罪疑惟轻是刑法的理念，但是以推理小说的黄金定律来看，则是愈可疑的愈不是凶手。不，这也不能全然说是空谈。

事实上，警方目前确实是把精神都放在探索这难解之谜的解答，导致无法逮捕嫌疑人。借由刻意采取对自己不利的言行，让人觉得“事情不单纯”的策略，实际上对人类还是相当有效的，而检调机关则是由人类构成的。

这也是科学调查的极限。

正因为如此，有时候才会需要像今日子小姐这种来自外部的助力。

“……可是，那不是侦探的见解，而是身为推理迷的见解吧？”

“对的。如果嫌疑人是推理迷，我想这不是没有可能，身为活在现实中的侦探，我实在不太想承认这种假设。要是心思能这么缜密，手法应该可以更细致一点。”

今日子小姐边说，边在小船上移动，把身体从船舷探出去，摆出往池塘底部窥探的姿势，看起来很危险——不，是真的很危险。

不管今日子小姐的平衡感再好，人站在那么边缘的地方，可能会让小船本身失去平衡。

“今、今日子小姐……可、可以请你坐下好吗……你站在那里，可能会翻船呢。”

她大概是在确认能不能看到池塘底部吧，鉴识作业已经结束了，池底应该没留下任何对调查有帮助的东西。既然什么都没有，自然也找不到任何东西。

“也是呢。所以啊，波止场警部。”

今日子小姐说完，非但没坐下，还一纵身跳到船舷上——宛如源义经*还是哪个波止场警部也想不起来的谁，单脚站在十厘米不到，几乎没位置下脚的地方。不，当立足之地剩下仅容单脚站立的空间，已经不是平衡感的问题，而是胆识的问题了。波止场警部反射性地将身体倒向小船另一边，尽全力避免小船翻覆。

---

* 源义经（1159 年—1189 年），日本传奇英雄，平安时代末期的名将。——译者注

这个尝试本身是成功的，但是结果却离今日子小姐站的位置更远了，这就意味着无法用蛮力把她从那个位置拉回来。

所以？所以啊什么呢？

“可以请你帮忙确认一下，坐在这艘船上，从正上方能看到我吗？”

“确——确认？”

“实验、实践和实际体验。”

话一说完。

忘却侦探就这么直挺挺的，在前几天还有尸体漂浮的位置，面向几乎有着同样坐标的水面，倒了下去。

5

为了实际确认沉在水底的尸体有多少能见度，今日子小姐似乎打算亲自扮演尸体。如同先前模拟凶手的行动一样，这次则是要模拟死者的行动，或说死者是怎样不能动。

固然是在过去也曾经这样一而再再而三，借由扮演“尸体”来找出真相的忘却侦探，但这次，再怎样都做得太过火了。波止场警部惊慌失措。

跳进绝对称不上干净的池塘里，而且还是原本泡了一具尸体的同一座池塘里，卫生问题令人担心啊什么的，这时根本一点也不重要，最重要的是，人类是无法在水中呼吸的。

重现水中浮尸，与回溯被肢解的尸体或坠落死的尸体或遭绞杀的尸体之类的体验完全是两回事。尽管如此，她也不见丝毫犹豫，就像是要跳上软绵绵的床铺似的，纵身倒入水中。

要是有目击者，一定会以为有人跳水自杀了。波止场警部脱下外套往旁边一扔，想立刻跳下水去救她，但最后还是作罢了。

这时要是把沉入池底的今日子小姐拉起来，她就只是白白搞得全身湿透，倘若她事前先跟自己商量，波止场警部一定会拒绝这种“实验、实践、实际体验”，大概也是因为这样，今日子小姐才会二话不说就付诸实行,而且现在也已经真的被她“实行”了。

为了不让这可说是自我牺牲的行为功亏一篑，在救起今日子小姐之前，必须先亲眼检视究竟能把沉在池里的今日子小姐看得多清楚才行。

如果在光线反射之下就完全看不见的话，或许这池塘真的是适合用来作为藏匿尸体的场所。这样的话,事情多少会有一点进展。

那么首先要做的，是压低姿势，宛如爬行般地在因为失去今日子小姐的重量而摇晃的小船上移动，探出身子往她下水之处张望。

摇晃之所以能抑制在最低限度，想必是由于今日子小姐倒入池中时，任凭重力支配，完全没给小船带来反作用力。但既然能贴心设想至此，真希望她不要再擅自行动。不只这次，每次都这样实在让人受不了。

“呃……”

波止场警部忍不住呻吟。

并非是因为水深不见底，可以说看得比想象中还要清楚。由于这个时间的阳光几乎是从正上方照射下来，或许也有些影响。而一个人的身体横躺在水中的画面可是相当有冲击力，在心理上，这也是怎样都很容易发现吧。

话虽如此。

今日子小姐一动也不动地躺在水底，只见头发和衣服随波摇曳，手脚则是动都不动。

扮尸体扮得太逼真，几乎让人担心起她是不是因为跳水的冲击而心脏停止了。只不过，在水里睁得大大的双眼，证明她确实还活着。

就是因为被她那令人毛骨悚然的视线与表情震慑，波止场警部才会不禁呻吟起来。

嘴边也完全没有气泡冒出来，该不会为了彻底像具尸体，还屏住了呼吸吧？

“今日子小姐！够了！看得见！看得十分清楚！请赶快上来！”

波止场警部大声叫喊。虽说池水很浅，但是隔着水面对话，感觉就像是隔了一百米以上。不管再怎么大声叫她，还是会担心她是否听得见。

“噗哈！”

幸好，今日子小姐似乎听见波止场警部拼了命的呼唤，从水中探出身子，把手伸向小船。这次她也总算无暇再思考小船的平衡或反作用力，只管把全身体重都挂在船舷，爬了上来。衣服吸了水，肯定变得很重。波止场警部和刚才一样移动到对角线位置，以免小船翻覆。

“呸！呸！啊哈哈……呼……”

今日子小姐浑身湿透，躺在船上。即使强悍如今日子小姐，水中来去一趟似乎还是会消耗相当多体力。

“听说溺死是最痛苦的死法，我切身体会到了……虽然这并不是我的目的。”今日子小姐边说边摘下眼镜，“不好意思，波止场警部。可以跟你借手帕吗？因为我的已经跟我一起变得湿哒哒了。”

“啊，好的。放在那件外套的胸前口袋里……请你自己拿。”

“谢谢。”

今日子小姐拿出手帕，擦了擦眼镜——接着重新戴回脸上，然后开始拧干白发。

“失礼了。”

接下来则是拧起开襟毛衣及连身洋装的下摆。毛衣和洋装都吸饱了水分，渐渐地小船里也到处都是水。

今日子小姐边忙着拧衣服，也同时进行结果确认。

“你刚才说看得见，具体而言，是怎么样的情况呢？”

真不愧是最快的侦探。

“果然相当显眼呢……即使没浮上来，感觉还是会被发现。至于划船的人是否会探出身去看水底，则又是另当别论。”

波止场警部回答。

“还是会看吧？在水上划船，会想知道自己所在之处有多深，感觉也是人之常情。这么一来，就弃尸场所而言，这个位置还真是不太适合呢！”

今日子小姐顿了顿，又补一句：“再补充说明的话，我认为坐上船后会想‘把身体探出去看看’，也是生而为人很自然的心理。”

不只探出身去，还实际跳了下去的人既然有如此领悟，波止场警部也只能倾听接受。

“当然，也应该要把凶手为了湮灭证据而把尸体沉到水底之后，才惊觉‘完全藏不住啊’的可能性列入考虑。”

反应可能不是这么轻佻，可是如果凶手思虑不周，这倒也不无可能。要是如此，也许是想到要再捞上来实在不是件容易的事，只好把尸体丢在池里就走人了。

用不着今日子小姐下水一趟，打从一开始，波止场警部就这么觉得，原本便想不到有什么理由，会让人认为这里适合作为隐匿尸体的场所。

比想象的还糟，可是在看到池塘时能想象得到的，本来就不怎么好。实在找不到要冒着“弃尸处在家附近”的风险，也要把尸体藏在这儿的理由。

又回到起点了吗……

结果，今日子小姐的奋不顾身还是落得无功而返吗？不过以排除每个可能性的角度来说，倒也不是完全白费工夫……

“好了。我已经拧干了。我会在今天洗好手帕还给你，波止场警部。”

“啊，没关系，别放在心上。倒是你，不用换衣服吗……”

“不用。因为我早预料到可能会发生这种事，所以穿了快干材质的衣服来。”

早预料到可能会发生这种事……难不成她打从一开始就计划下水吗？

这是什么计划啊。

再说，不管是不是快干材质，因为刚才躺在水底，今日子小姐身上穿的“衣服”满是污泥，现在的样子看起来惨不忍睹，比想象中还要狼狈万分，说是“不能见人”也不为过。

看着她的模样，不禁让波止场警部陷入沉思，为何这个明明不是警察，只是一介平民的人，要为了解决杀人案做到这个地步呢？

“今日子小姐。”

波止场警部开口唤她。

原本打算等到工作结束以后再问她，也觉得或许不该在此时——还在侦办案件的时间点上问她，但波止场警部还是忍不住开口。

“你为什么不惜做到这个地步也要当侦探呢？你不觉得即使不这么做，也能以其他的方式获得幸福吗？”

“幸福？”今日子小姐微侧螓首，脸上浮现不解，“我又不是为了得到幸福才当侦探的，这就只是工作而已。”

就只是工作。

或许是不加修饰的说法，但是听起来就跟在某个领域登峰造极的人，丝毫不打算谦虚地说“这只不过是玩票性质”没两样。

“那么是因为解谜很快乐吗？当侦探这件事本身只不过是一种手段，主要是对不可思议的犯罪事件充满兴趣之类的。”

“啊哈哈。我是不讨厌解谜啦，但是这个世界上充满了各种魅力十足的谜团，也不只是杀人案会成谜而已。而且要是能解开数学的十大难题，还有奖金可以拿呢。”

倒也是。

照这样说来，可以将她的能力发挥到淋漓尽致的职业，怎么说也轮不到侦探。既然如此，为什么不去挑战数学十大难题？

她不是最爱钱的吗？

“我是很爱钱没错。但我是那种拿到一块钱就完成一块钱份的工作，拿到一百万元就完成一百万元份的工作的侦探。”

今日子小姐开门见山地说完，随即反问她。

“是因为波止场警部要辞职了，才问我这个问题吗？”

她怎么知道这件事？

是在哪里不小心说漏嘴了吗？还来不及反应过来，今日子小姐已经指着波止场警部的外套说道。

“抱歉，跟你借手帕的时候，不小心看到了。”

那封用范例文拼拼凑凑组合起来的辞职信，就收在外套的内侧口袋里。

“啊……嗯，其实，我打算处理完这最后一案就辞职。”

既然都穿帮了，也不必再隐瞒。装模作样讲什么“最后一案”，其实也不是什么大不了的事。

对于经手的所有案件都是“最后一案”的今日子小姐而言，应该真的不是什么大不了的事。“刚认识”而且是“初次见面”的一介警察要辞职还是要结婚，都与她无关。

尽管如此，波止场警部还是仿佛要为自己找借口似的说：“我想利用结婚作为契机，改变自己的生活……因为我好像不太适合当警察，也觉得这是金盆洗手，离开警界的好机会。接下来，该怎么说……我想从事与人命、治安无关的工作。”

“与人命、治安无关的工作。”

“是的。所以我才想问你，今日子小姐，你从不曾想过要金盆洗手，不再从事这种协助警方调查的危险工作吗？”

何止危险，就拿这次来说好了，对她而言如果只是稀松平常，那么她面对的风险显然不比警察低，说是自己在找死也不为过。

然而，她却这么回答：“肯定有吧！我应该也有过想写辞职信的时候。”

今日子小姐又接着说：“只不过，不管是厌倦身为侦探，还是厌倦持续工作的心情，一到了明天，我就会忘得一干二净。”

“……”

意思是说，就连现在搞不好就会把命赔上的事，到了明天就会忘记吗？这就是忘却侦探吗？

太惨烈了，令人哑口无言。

想到这，更愈是感觉自己写的辞职信实在微不足道。要知道今日子小姐连不想再当侦探都办不到。

像她那样，简直是强制劳动。

“因此，波止场警部，要说金盆洗手，我可是每天都在洗呢——嗯，你刚刚说什么？”

今日子小姐正想为与案情无关的闲聊画上句点之时，又像是突然发现了新大陆似的一脸认真。

“刚刚说什么……我想想，呃，那样简直是强制劳动——”

不对。

这句话只是在心里想，并没有说出来。

不可能对着劳动中的她本人说这种话，而且身为一个即将辞职之人，这发言太不恰当了。

不是这句话。那么，今日子小姐到底是指哪句话？

“‘金盆洗手’，你还连说了两次对吧？”

“呃……是，我是说了两次。”

如果是这个成语，包含今日子小姐自己说的在内，一共出现了三次。这是用来表达“辞去工作”的意思，有什么问题吗？严格说来，原意指的是辞去“手脚不干净的工作”，所以并不适合用在警察或侦探这种职业，难道她是要这样拿着字典挑语病吗？的确是过于自虐，乃至于有些侮辱的感觉也说不定。

“不是不是，我怎会挑你的语病，我还要感谢你的指点呢！”

案子解决了。

今日子小姐这么说，接着嫣然一笑，那显然不是被迫强制劳动的人会有的表情。

神采飞扬，似乎感觉很有成就感。整个洋溢着满足感的表情，即使全身湿透，也一点都不像溺水浮尸。

“你说‘案子解决了’……那么，你已经知道嫌疑人为什么要把尸体沉在这里吗？”

“当然。我从一开始就知道这个案子的真相了。”

为何要说出这种会降低推理可信度的话。不只如此，她接着又说了一句更莫名其妙的话。

“对了，波止场警部。嫌疑人比较喜欢猫，还是比较喜欢狗呢？”

6

天晓得嫌疑人比较喜欢猫还是狗，跟本案的真相到底有什么关系。在波止场警部眼中，猫猫狗狗都是大同小异的生物，喜欢猫或喜欢狗不都一样？对了，说来，曾为男女朋友的嫌疑人与死者时常争执的原因之一，就是为了喜欢猫还是喜欢狗起争执……

“我想想……嫌疑人好像养了狗，应该比较喜欢狗吧。我想。”

“这样啊。既然如此，那这就是动机了。”

顺便告诉你，我比较喜欢猫。今日子小姐自信满满地宣告。由于只稍微把衣服拧了一下，她从头到脚还是湿淋淋的，在这状态之下露出得意扬扬的表情，令人感觉甚至有些毛骨悚然。

动机？

不，那的确是引发争执的理由之一，也或许会是成为痛下毒手的理由之一，但就凭这点将其视为命案的动机，怎么说都太牵强了。应该看成是像这样鸡毛蒜皮的摩擦日积月累，终于演变成杀人命案才对吧?

“不不不，不是杀人的动机，我是指嫌疑人将尸体沉进自家附近池塘里的动机。因为嫌疑人养狗，才要把死者沉入水底。”

听不懂她在说什么。

该不会是在水里屏住呼吸时造成缺氧，导致现在大脑无法好好运作了吧。波止场警部不免有些担心起来，但今日子小姐接下来的这句话让波止场警部终于一举看透真相。

“所以才想要洗干净啊，不只是洗手，还要把全身、衣服以及随身物品全都洗干净。”

池水的透明度根本无法比的透彻真相。

“也就是说——呃……”

几乎是被强迫开窍的思绪，闪过的信息量实在太多，一时半刻整理不过来——想要洗干净。

用池塘的水把尸体洗干净。

被这么一提点，反而会觉得之前怎么会想不到。然而光看这水质实在不算好，只是踏进去都觉得很不卫生的淤积池，的确是不会联想到“洗涤”这个关键词。

会把衣服和眼镜弄脏的水，嫌疑人究竟是想用来洗什么呢？事到如今，一切昭然若揭。

如果是一点点脏污，只要当场用面纸擦掉就好；如果是衣服沾到细屑，只要挑起来丢掉就好。

但是，如果这样还不够的话。

要说有什么是无法轻易去除，必须把全身浸在水里才能洗净的脏污，无非是——

“宠物的毛……也就是，嫌疑人养的宠物……”

“一旦养了毛茸茸的动物，这可是避无可避的烦恼呢！每次出门的时候，都必须用那种滚筒似的玩意儿把全身清理干净才行。可是就算这样，也很难完全弄干净。”

“……”

“而且透过今时今日的科学调查，只需要取得一根动物的体毛，就能从 DNA 锁定个案，倘若这个 DNA 与嫌疑人养的狗一样，百分之百就会成为逮捕的关键吧！”

所以才要洗整个身体吗？

把全身浸在水里——溺水的尸体。

既不是为了隐匿，也不是企图损坏，目的是要把尸体“洗干净”。

无论之后是会浮上来还是怎样，全都是其次。打从一开始凶手就设想到尸体没多久就会被发现。重点是在于要使尸体被人发现时，必须让原本沾在死者身体上的宠物毛一根也不剩。

"案发现场，就是自己在这附近的家。嫌疑人是想要隐匿这件事，冲动之下在满是动物毛屑的房间里痛下毒手，倒地的死者身上、头发、伤口、衣服……乃至随身携带的物品全都沾满了狗毛……他想要摆脱这困境。"

既然如此，之所以把尸体沉入附近的池塘里，并不是因为地缘关系还是什么的，单纯只是"因为很近"罢了。也许是觉得总不能在自家的浴室清洗吧。因为一旦那么做了，最糟的情况还会留下不必要的痕迹……

不是选择这座池塘作为弃尸之处，而是拿来当作洗尸之所。

这么一来，的确在自家附近找可能比较方便。

"波止场警部认为将尸体沉入水中是'为了将罪孽一并冲走'的推理，也并非全然错误呢，只是想要冲走的，喔不，想用水洗的并不是罪孽，而是动物的毛。"

在最后，今日子小姐还这么吹捧了一下，给接下来打算辞职的波止场警部做足面子。

不，这个人一向如此。

不求取功绩。

对功勋没有半点兴趣，她在乎的，只有绝不便宜，但是让她如此以身犯险也太过微薄，一点都不划算的报酬。

即使萌生辞意，不想再当侦探，也会忘了这个心情，所以只能日复一日地当着侦探。每日每夜都会把记忆洗去的今日子小姐，也因此无法有任何改变。

“不，老实说，倒也不是这么回事。”

虽不是申请拘票的借口，但总之先去敲嫌疑人家的门，捡起玄关附近一定会有的宠物毛给他看，动摇嫌疑人的心理防线。“只是把尸体丢进池塘里，真能把宠物毛全洗干净吗？”他一定感到很不安。临别之际，今日子小姐对今后的调查做出这些相当冷漠无情的指示，然后卷起开襟毛衣的袖子。

那里有着粗字签字笔所写的——“掟上今日子，侦探，二十五岁”。

是她自己的笔迹。

“只要把这里的这个给擦掉，在事务所以外的地方找张床躺上去，好好睡一觉就行了。”

今日子小姐轻轻摩挲着“侦探”的部分，那两个字在还湿漉漉的肌肤上微微晕开。若再搓得用力一点，想必没两下就无法辨识了。

或许就不再是侦探了。

“说穿了，这就是我的辞职信呢！对于忘却侦探而言，辞职信不是用写的，而是要擦掉的。”

宛如渐渐褪色，终将成为一片空白的记忆。

辞职信在今日子小姐拧衣服时，连着我的外套一块湿透了。

听了今日子小姐那么说，波止场警部这么想。

就重写吧！虽然终究是要辞职，至少要用自己无法撤回的话语，好好写下自己不该忘却的心情。

写在最后

本书的作者再怎么不才，好歹是个小说家，因此也会收到“我想成为小说家，该怎么做才好”之类的问题，这时我通常会回答：“请再考虑一下。因为比起成为小说家，如何一直身为小说家才是难关所在。”为什么我会这么说？因为事实便是如此，不过，我个人倒是在再三考虑之后，又发现“有不是这样的职业吗？”绝大部分的职业，不，所有的职业不都是“持之以恒比入行还要难”吗？因为我亲身经历过了，才会格外觉得小说家这个行业是如此，但感觉每个人都会认为自己从事的行业是“持之以恒比入行难”吧。实际上也本来就是。不只是职业，无论是学业还是玩乐，要“一直持续下去”都是很辛苦的。比起入行、开始抑或是放弃，想持续更需要发挥毅力，更是要付出劳力，这不管是在心情上还是理论上，都是再理所当然不过，不免让人觉得说这什么废话啊。俗话说“与其是什么都没做而感到后悔，宁可做了以后再来后悔”，那么，“持续以后再来后悔”与“放弃以后再来后悔”，又是哪一种比较好呢？

如此这般，这是忘却侦探系列的第五弹。意外的是，这是我出道以来，第一次得以将各自独立的短篇结集成册出版。好高兴。《肢解》《坠落》《勒毙》《溺水》每一篇的标题虽然都很耸动，但毕竟是围绕着尸体的四篇推理小说，不知道给大家带来了什么样的印象？这次负责扮演搭档的警部阵容，也尝试委任与今日子小姐同年代的女性们来担任。因为我也很想知道同性眼中的今日子小姐是什么样的感觉。就这样，感谢阅读忘却侦探系列第五弹《掟上今日子的辞职信》，但是对今日子小姐而言，又是初次见面的第一弹。今日子小姐能一直持续当侦探，或许正是“因为记忆无法持续”吧。

第五册的封面是纯白的概念，与前四册一样，都是由 VOFAN 先生来描绘今日子小姐。实在美丽，真是感激不尽。我也想将第六册《掟上今日子的婚姻届》在近期内呈献给大家，还期盼各位届时能继续给予支持。

西尾维新

《掟上今日子的辞职信》
绯华璃 译
本书中文译稿经青空文化有限公司授权出版简体字版本。
非经书面同意，不得以任何形式任意重制、转载。

北京市版权局著作合同登记号：图字 01-2021-3731

《OKITEGAMIKYOUKO NO TAISHOKUNEGAI》
© NISIOISIN 2015
All rights reserved.
Original Japanese edition published by KODANSHA LTD.
Publication rights for Simplified Chinese character edition arranged with KODANSHA LTD. through
KODANSHA BEIJING CULTURE LTD. Beijing, China.
本书由日本讲谈社正式授权，版权所有，未经书面同意，不得以任何方式做全面或局部翻印、仿制或转载。

图书在版编目（CIP）数据

捉上今日子的辞职信 /（日）西尾维新著；绯华璃译．-- 北京：台海出版社，2021.8
ISBN 978-7-5168-3062-8

Ⅰ．①掟… Ⅱ．①西… ②绯… Ⅲ．①推理小说 – 日本 – 现代 Ⅳ．① I313.45

中国版本图书馆 CIP 数据核字 (2021) 第 134707 号

掟上今日子的辞职信

著　　者：[日] 西尾维新　　　　译　　者：绯华璃

出 版 人：蔡　旭　　　　封面绘制：VOFAN
责任编辑：员晓博　　　　封面设计：MF

出版发行：台海出版社
地　　址：北京市东城区景山东街 20 号　　　　邮政编码：100009
电　　话：010-64041652（发行、邮购）
传　　真：010-84045799（总编室）
网　　址：www.taimeng.org.cn/thcbs/default.htm
E－mail：thcbs@126.com

经　　销：全国各地新华书店
印　　刷：三河市嘉科万达彩色印刷有限公司
本书如有破损、缺页、装订错误，请与本社联系调换

开　　本：880 毫米 ×1230 毫米　　　　1/32
字　　数：188 千字　　　　印　　张：7.25
版　　次：2021 年 8 月第 1 版　　　　印　　次：2021 年 8 月第 1 次印刷
书　　号：978-7-5168-3062-8

定　　价：48.00 元

版权所有　　翻印必究